Le passe-temps

ル・パスタン

文春文庫

目次

II

sho

III

IV

画・池波正太郎

I

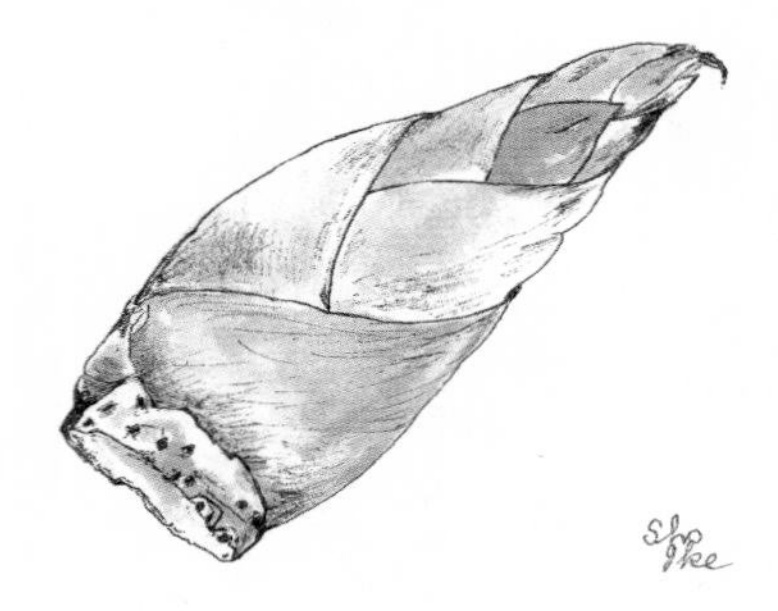

❖川千鳥

毎年、冬が来るたびに、京都の鮨屋（すしや）の〔川千鳥（かわちどり）〕をおもい出す。先ごろ、家人がデパートで千枚漬を買って来たので、久しぶりに台所へ出て川千鳥を自分でつくってみた。川千鳥は〔松鮨〕の先代で故吉川松次郎が創案した鮨である。小鯛をのせてにぎった鮨を千枚漬で巻き、昆布で胴を巻きしめ、これを二つに切ったものだ。私は素人だからスダレを使う。この一品が出るのは十二月から一月のはじめまでで、特注の千枚漬が最も美味な時期にかぎられている。

その美しい清楚な姿は、まさに、冬の夕暮れの鴨川を飛ぶ川千鳥を彷彿（ほうふつ）せしめる逸品で、近年、京都の有名な料理屋の

東京支店でこれを盗みとり、平然と前菜に出しているのを見たことがあり、唖然となったことがある。むろんのことに、松鮨の川千鳥とは味も姿も、くらべものにならなかった。

吉川さんが生きていたころの私は、一年中、やすむことなくはたらきつづけていたものだが、十二月になると年に一度の休暇をとり、ゆっくりと京都に滞在し、松鮨へ通ったものだ。昼下りの小さな店のつけ場の前へ坐り、あるじが精魂をこめてにぎる鮨を食べながら、得もいわれぬ幸福感にひたった日々を、いまもって忘れない。そのころの京都は、私の一年の疲れを、なんどりとぬぐいとってくれる街だった。

吉川さんは或日、店へ出て急に気分が悪くなり、下鴨の自宅へ帰り、そのまま倒れ、翌年に息を引きとった。この人のことを雑誌に書いたとき、自分で吉川さんの肖像をそえたので、単行本になったとき記念にとおもい、未亡人へ送ったところ、すぐに礼の電話がかかってきて、

「よう描けてますなぁ」

「感じが出ているでしょ」

「へえ。でも、うちの大将、もうちょっと、ええ男やなかったかとおもいますのやけど」

「そりゃそうだ。羽左衛門（十五代目）そっくりだったのだもの」

川千鳥は、いまも二代目によって継承されている。


（一九八六年十二月十一日号）

❖大蒜うどん

ずっと前から私は、一日二食である。もっとも数年前までは、その上に夜食をとり、ハム・ステーキやマカロニ・グラタンにトーストなどを腹におさめないと、仕事ができなかった。ところが一昨年に、入院してからは夜の十一時から明け方までだった仕事の時間が変り、十一時にはベッドに入ってしまう。したがって夜食の必要はなくなった。

そうなると体重も減り、万事に調子がよくなったので、このごろでは、つとめて食事を簡素にしている。ビタミンやハチミツその他をとるから、それで充分なのだが、午前十時の第一食の折に、

(今日は少し、骨を折らなくてはならないぞ)

と、おもうときは、あまりに簡単な食事だと、ちからがみなぎってこない……ような気がする。

麺類が好きな私ゆえ、第一食には蕎麦(そば)やうどんになることが少くない。

そうしたとき、大蒜(にんにく)の擂(す)りおろしたものを少量、ワサビやネギ、卵と共に用意させておく。

やや濃いめの汁(つゆ)の中へ擂った大蒜を入れ、先ず二口、三口と食べてから、ワサビ、ネギを入れて食べる。

半分ほど食べたのち、今度は卵をうどんなり蕎麦なりへのせ、箸で手早く器用に掻きまぜて食べる。卵を汁に入れて掻きまぜるのではない。つまり、麺類に卵をまぶすのである。

冬になると、うどんに熱湯をかけまわし、湯気が立ちのぼるやつを大蒜入りの汁ですすり込むのは、余人は知らず私には、冬のたのしみのひとつである。

人に会う日は避けるが、大蒜の量も極く少めにしないと却ってまずくなってしまう。

大蒜うどんを食べた日は、気分的にエネルギーが出てくるようにおもう。

うどんや蕎麦は市販のものだが、良質の品が近年は少くなってきたようだ。

（一九八七年一月十五日号）

たくあんもち

私の曾祖母・浜は、明治維新のころ、下総・多古一万二千石・松平豊後守勝行の江戸屋敷で奥女中をつとめていたが、常時は殿さまの御袴たたみをしていたそうな。維新戦乱の折に、屋敷の庭へ乱入してきた官軍と幕府の侍との一刻（二時間）にわたる一騎打ちを、曾祖母は目撃したそうである。

正月になると、この曾祖母が私に「たくあんもち」というものを、こしらえて食べさせた。これを見ている祖母や母は顔を顰めていたものだった。正月も七草を過ぎて、切餅を水餅にする。水餅を焼かずに茹でたものを、焙って鉄色になった焼海苔の上へ置く。その上へ、たくあ

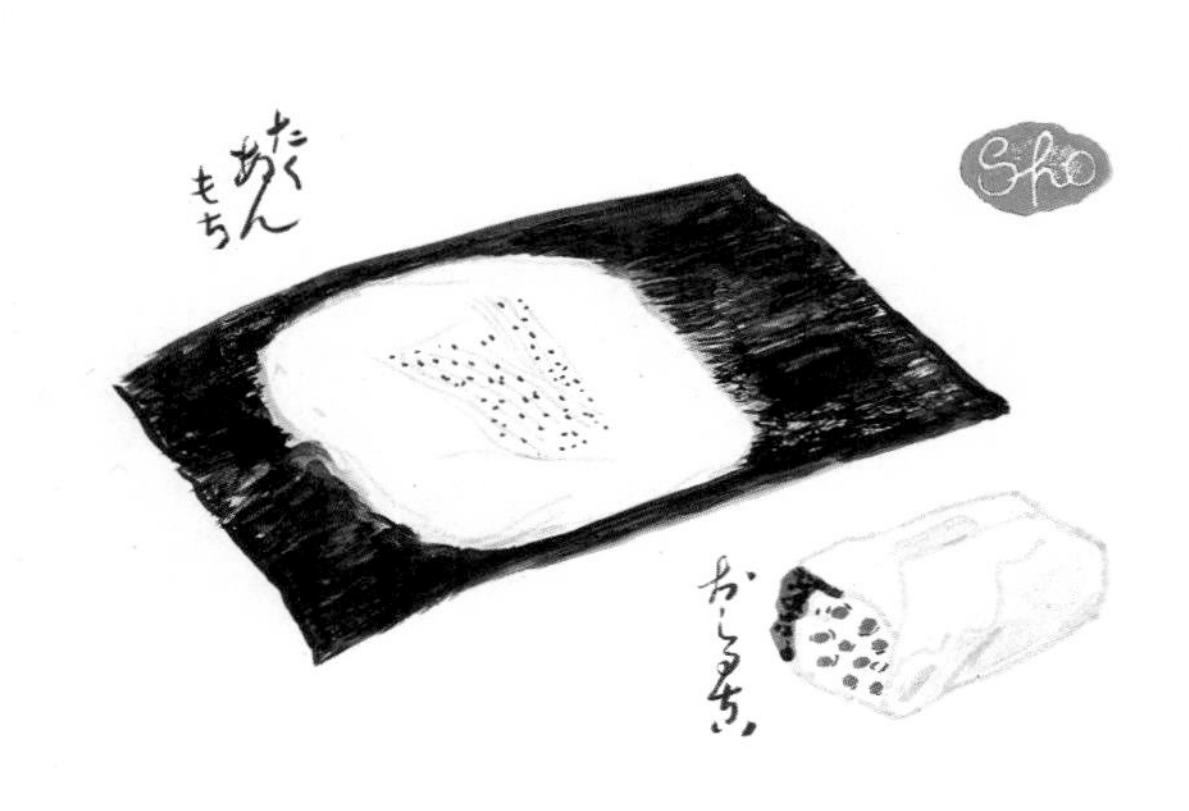

ん の 繊切り を 置き 、 さら に 黒胡麻 を 振る 。 これ を 焼海苔 で 包ん で 食べる の だ が 、
「どうだい、正太郎。おいしいだろう。これはね、むかし、私が殿さまの御殿へあがっていたころ、お仲間の人たちと、よく食べたものなのだよ。おいしいかえ? さ、もっと、たんとおあがり」

しきりにすすめるのだが、子供の私には、あまり、うまくはなかった。この正月、曾祖母のことを思い出し、久しぶりに〔たくあんもち〕をつくってみた。うまいまずいより、曾祖母の味がした。むかしの大名家の女中たちは、こうしたものを隠れてこしらえては、たのしんでいたのだろう。

ついでに、もう一つ〔おしるこ〕というのをつくった。これは、いまでいうお好み焼、東京では〔どんどん焼〕といった、その屋台で私がよく食べたものだ。

卵入りのメリケン粉を溶き、鉄板に平にのばしておき、水餅を細長く切ってならべ、エンドウ豆を散らす。その傍に小豆餡を置いてから、メリケン粉の皮で焦んがりと巻き包み、食べよいように切り、薄めた蜜をたらしかけて食べる。六十をこえて酒量が激減してしまった私には、たくあんもちより、おしるこのほうがうまかった。

私が少年のころのどんどん焼では、水餅ではなく、豆餅を使ったものだが、いまは豆餅を売る店も少くなってしまったので、水餅に代りをしてもらったのだ。

（一九八七年二月十九日号）

❖チューインガム

道路は、大小の車輌で渋滞をきわめていた。

月末の金曜日の夕暮れどきだった。

タクシー車中の私は、のんびりとしていたが、運転手は苛立っていた。

私が行先を告げても、彼は返事をしなかった。

三十五、六歳に見える彼は、あきらかに疲れていた。ワイシャツの襟には汗と脂が滲んでいた。

彼は、ブツブツと苛立ちのつぶやきを洩らしたが、何をいっているのだか、さっぱりわからない。

運転席の上部には、マスコットの、手づくりらしい布製の人形が掛けられてある。彼の妻がつくった人形なのだろうか。

走行は、平常の二倍、三倍もの時間がかかっている。

「チクショウ」

と、彼は呻いた。

車のながれが、少しだけ速くなったかとおもうと、また渋滞した。

信号機へ赤信号がつくたびに、彼は舌打ちをした。

私は、そろそろ退屈してきて、ポケットに忍ばせてあるチューインガムを口へ入れた。ついでに、その一枚のガムの包み紙を口へ入れやすいように剝き取り、

「どうだい。いくらか気がまぎれるだろう」

と、運転手へ差し出した。

ちょうど、赤信号で車が停まったときだった。

運転手は、びっくりしたように私を見た。

彼は、ガムを口へ入れて、

「今日は、一日中、こんなぐあいに混んでいましてね」

と、いった。

「そうか。大変だったね」

それからの彼の態度はガラリと変った。私が車を降りたとき、彼の顔にはあたたかい微笑が浮かんでいた。

（一九八七年五月十四日号）

❖虫やしない

少年のころは、遊び惚(ほう)けて空腹となり、夕飯が待ちきれなくなってしまう。

そんなとき、曾祖母(ひいそぼ)や祖母が、

「ほら、虫養(むしやしな)いだよ」

こういって、こしらえてくれたのは、にぎりめしにたっぷりと味噌をまぶしたものだった。

虫やしないとは、空腹の虫を一時的にしのぐということで、食欲のみか他の欲望にも用いられるが、むかしの人は何と気のきいた言葉を考え出したものだろう。

私は、いま一日に二食だが、ときに外出時の食事をうまく調節できないで、帰宅してから虫やしないをすることがある。

塗物の小さな箱や、瀬戸物の弁当器をつ

かって、ごく簡単なものを口に入れる。

熱い御飯の上へ味噌を置いて、みじん切りの葱(ねぎ)をのせたものを口にするとき、すずろに、むかしの曽祖母や祖母の顔を思い出す。

上質のロース・ハムを薄く切って御飯の上へ敷きつめ、醬油(しょうゆ)をたらした葱をのせたものとか、やわらかに焼いたフライド・エッグを御飯にのせるのもよい。

虫やしないに贅沢(ぜいたく)はいらないけれど、器(うつわ)を、いろいろに替えてみると、質素(しっそ)なものでも、贅沢な気分になってくるのがおもしろい。


　御飯の上へ、ほんの少し、焼塩を振りかけたり、または擂(す)りおろした生姜(しょうが)をのせて醬油をたらし、ざっくりと掻きまぜて食べる生姜飯は、私も好きだが、去年に急死した亡母の大好物だった。それに昆布の煮たものでもあれば、何もいうことはない。

コーヒーと、薄切りのトーストへたっぷりとバターをつけた虫やしないは、このとき、バターを少しコーヒーの中へ入れる。


　いまの私は二食といっても、そのほとんどが、虫やしないのようなものだ。ほんとうに食べられなくなり、酒も飲めなくなってしまったが、その所為(せい)か痩せてきて、体調もよくなった。このごろは長生きができそうな気分になっている。

（一九八七年五月二十八日号）

❖カツ丼

トンカツ、カツ丼には、人それぞれにルーツがあって、それは絶対のものだという。それほどに、この日本的洋食は、私たちと切っても切れない存在になってしまったのだろう。

私の場合は、少年のころ、浅草の同じ町内にあった〔美登広(みとひろ)〕という小さな洋食屋のロース・カツレツ。薄いロース肉を何枚も重ね、丹念に庖丁(ほうちょう)の先で叩いて揚げる、やわらかいカツレツで、年に何度か、これを口にするときのよろこびは気ちがいじみていた。美登広の娘さんが出前の岡持(おかも)ちの蓋(ふた)を開けた瞬間、部屋いっぱいにただようカツレツの香りに、胸をドキドキさせたものだ。

カツ丼は、亡母が手製のものだ。

「うちのカツ丼は、卵を使わないんだからね」

と、母は自慢していたが、使わないのではなくて、使えなかったのだろう。卵代を倹約(けんやく)したのだ。

当時の母は、女手ひとつに家族を養っていたのだ。

母のカツ丼は、ウスター・ソースを少量の水で薄め、これも少量の砂糖を入れて煮立てる。カツは、上野駅前にあった小デパート〔地下鉄ストア〕地階で売っている一口(ひとくち)カツだった。このカツへ庖丁を入れ、ソースでさっと煮たものを熱い御飯の上へのせる。その上か

らソースをまわしかけるのは、いうまでもない。

カツと共に煮るのは、タマネギのみだった。

母がカツ丼をつくるのは、月に一度の、母の給料日だった。

その日が来るのを、私や弟は七日も十日も前から待ちかまえていたものだ。

いつだったか、給料日に母が帰って来たので、

「地下鉄ストアへ、お使いに行こうか？」

そういったら、

「早まるんじゃない。今日は、お鮨（すし）だ」

と、いわれてガッカリしたことを、おぼえている。

このカツ丼は、いまでもよくつくる。私同様、弟も無類のカツレツ男だ。

（一九八七年九月十七日号）

❖弁当

私が小学生のころ、朝の食後に、祖母が私の弁当をつくっているのを見ると、うんざりしたものだ。

祖母は、まったく料理に興味をしめさない人だったから、弁当は、いつも海苔(のり)弁当に決まっていた。もっとも、当時の焼海苔は鉄色(てついろ)の厚いものだったし、そもそも醤油(しょうゆ)からして、いまとはくらべものにならぬほどに上等だったのだから、相当に旨(うま)かったとおもうのだが、毎日、海苔弁ではたまったものではない。

やがて、小学校の五年生になったころ、再婚に破れた母が、生まれたばかりの弟と共に、浅草の実家へ帰って来た。

「それ、何処(どこ)の子?」

と、私が尋(き)くと、母は事もなげに、

「お前の弟だよ」

こたえたときの、おどろきというか、何ともいえない奇妙な気持ちを、いまだに忘れない。

母は、やがて、近くの女学校の〔購買部〕で、はたらきはじめた。

購買部では、生徒の学用品や小間物などを売るほかに、給食もしている。母がはたらいていたのは、主として給食のほうだった。

祖母とちがって、母は食べることに関心をもつ女だったから、三度の食事も大分に変ってきた。したがって、弁当も少しは変ってきたのだ。

「今日のお弁当は、下駄箱へ入れておくよ」

と、学校へ出がけに、母からいわれたときは、胸がときめいた。母が、こういったときは、きまって、専門のコックがつくった購買部の給食が届けられるからだ。

小学校の入口に、ずらりと並んだ下駄箱の、自分の箱を開けると、よい匂いがただよって来る。給食は、いろいろなものがあったけれど、圧巻は〔シチュー〕だった。メリケン粉とバター、牛乳、豚肉、タマネギ、人参をつかった白いシチューである。シチューが届けられるのは三カ月に一度ほどだったが、母は、これを登山用の飯盒（はんごう）に入れ、届けてくれた。大きなスプーンを手に、飯盒の蓋（ふた）を開けたとき、私は歓声をあげずにはいられなかった。


（一九八七年九月二十四日号）

❖スープ茶漬け

少年のころの私は健康だったが、それでも、年に一度か二度は小学校をやすむことがあった。

子供の病気だから、食べすぎか、風邪のようなもので、そうしたときには、祖母が町内の鶏肉屋へ行き、ソップと称する鶏のスープを買って来て、搔巻に包まっている私に、

「ソップは、高いんだからね」

ブツブツいいながら、そのソップで〔おじや〕をこしらえてくれた。

いまも、一部のデパートの鶏肉売場ではビニール袋へ入ったソップを売っているそうだが、当時は瓶詰めで、ソップのおじやは、子供ごころにも旨いとおもい、これを食べたさに、仮病をつかったことがあったけれど、たちまち、祖母に看破されてしまった。

そのときの祖母のセリフを、いまだに、おぼえている。

「お前は、うちをハサンさせるつもりかえ」

と、いったのだ。

ハサンが破産とわかるまでには、かなりの日数を要した。母が女手ひとつに家族をささえていたころだから、高価なソップは、たしかに余計な出費だったろう。

いまも、鶏肉があると、私はスープ鍋をやる。土鍋の湯にマギーの固形スープ一個を入

れ、鶏肉に好みの野菜を煮て、ポン酢で食べる。

その後で、土鍋に残ったスープを紙で漉し、別の小鍋へかけ、塩と胡椒で味をととのえておく。

そして、椀に盛った温飯へ、このスープをたっぷりとかけまわし、茶漬けのようにサラサラと食べるわけだが、これなら、私ひとりの男手でもやれる。薬味は刻み葱のみだ。

終戦の年、私は、山陰の米子にあった海軍航空隊にいた。宿舎は民家だったので、鶏のスープ茶漬けをよくやった。山陰の田舎では、食糧が豊富で、日本海の新鮮な鯖でも、濃目にいれた茶で、よく茶漬けにしたものである。

（一九八七年十月八日号）

❖コーヒー

小学校四年生のとき、私は、突然、父方の伯父伯母の家に引き取られることになった。父母が離婚してから、私は母の実家で暮していたのだが、何やら大人(おとな)たちの話合いがついて、谷中(やなか)の伯父の家へ移ることになったのだ。もっとも三カ月で、母の許へ帰って来た。

そうした事情を、伯父は私に知らせずに、担任の先生へ、くわしくはなしたらしい。先生は名を、立子山恒長(たつこやまつねなが)といい、端正・温厚な人柄だった。私が立子山先生の生徒となったのは一年きりだったが、その年までの成績表の〔操行(そうこう)〕は全部乙か丙だったのが、立子山先生のときは、すべて甲になった。

或日、先生は、私を図画室へよび、出前のカレー・ライスを御馳走して下すったのに、

びっくりしていると、

「君は、お父さんやお母さんと別れて暮しているそうだね。何か、つらいことはないか？　何でもいいから、私に相談しなさい」

やさしく、そういって下すった。

さて、このほど、先生の甥御さんで、詩人の長田弘さんから『食卓一期一会』というユニークな詩集が送られてきて、伯父の立子山先生についても、ふれてあるのが、なつかしかった。それによると、先生は食べ歩きが大好きだったらしい。そういえば、むかしも洋食屋からカツレツだのビフテキだのを出前させ、ナイフとフォークをぴらぴらさせながらめしあがっている先生を見ることは、めずらしくなかったものだ。

立子山先生は、甥の長田さんに、こんなことをいったそうだ。

「人は、独りでコーヒー店へ行き、一杯のコーヒーをのむ時間を一日のうちにもたねばならない。どうでもいいようなことだけどね」

この言葉の意味は深い。

そして先生は八十歳をこえてからも、野火止の幼稚園（晩年は園長をしておられた）から自転車に乗り、日に一度、かならず街へコーヒーをのみに行かれたという。

長田さんの本は、私が知らなかった先生の風貌を見せてくれた。


（一九八七年十月二十二日号）

❖ギンバイ

戦争中、海軍に入れられて、新兵となった第一日に、サツマイモとイワシのごった煮を夕飯に出され、閉口(へいこう)したはなしは、前に何度か書いた。

新兵教育が終ると、海軍では散り散りに転勤を命じられる。私も三度ほど転勤し、最後に落ちついたのは横浜の航空隊だった。

「ギンバイ」という言葉をおぼえたのも、そのころだったろう。この言葉の語源は知らない。一種の海軍用語だ。

ギンバイはギンバエではないのか？　そしてギンバエは金蝿(きんばえ)からきたものではないのか？

いずれにしても、食物に集(たか)る蝿をさしたものだろう。間ちがっているかも知れない。

「おい、ギンバイして来い」

と、上官からいわれることは、

「烹炊所(ほうすいじょ)へ行って、何か旨(うま)いものをもらって来い」

と、いうことなのだ。

烹炊所の兵員を紹介してくれての上ならばよいが、そうでないときは苦心惨憺(くしんさんたん)をする。

私は烹炊所に同年兵がいたので、どんなに助かったか知れない。その同年兵は肉の缶詰(かんづめ)だの、塩鮭だのをくれようとするが、そうしたものは、日常の兵員食でも食べられる。

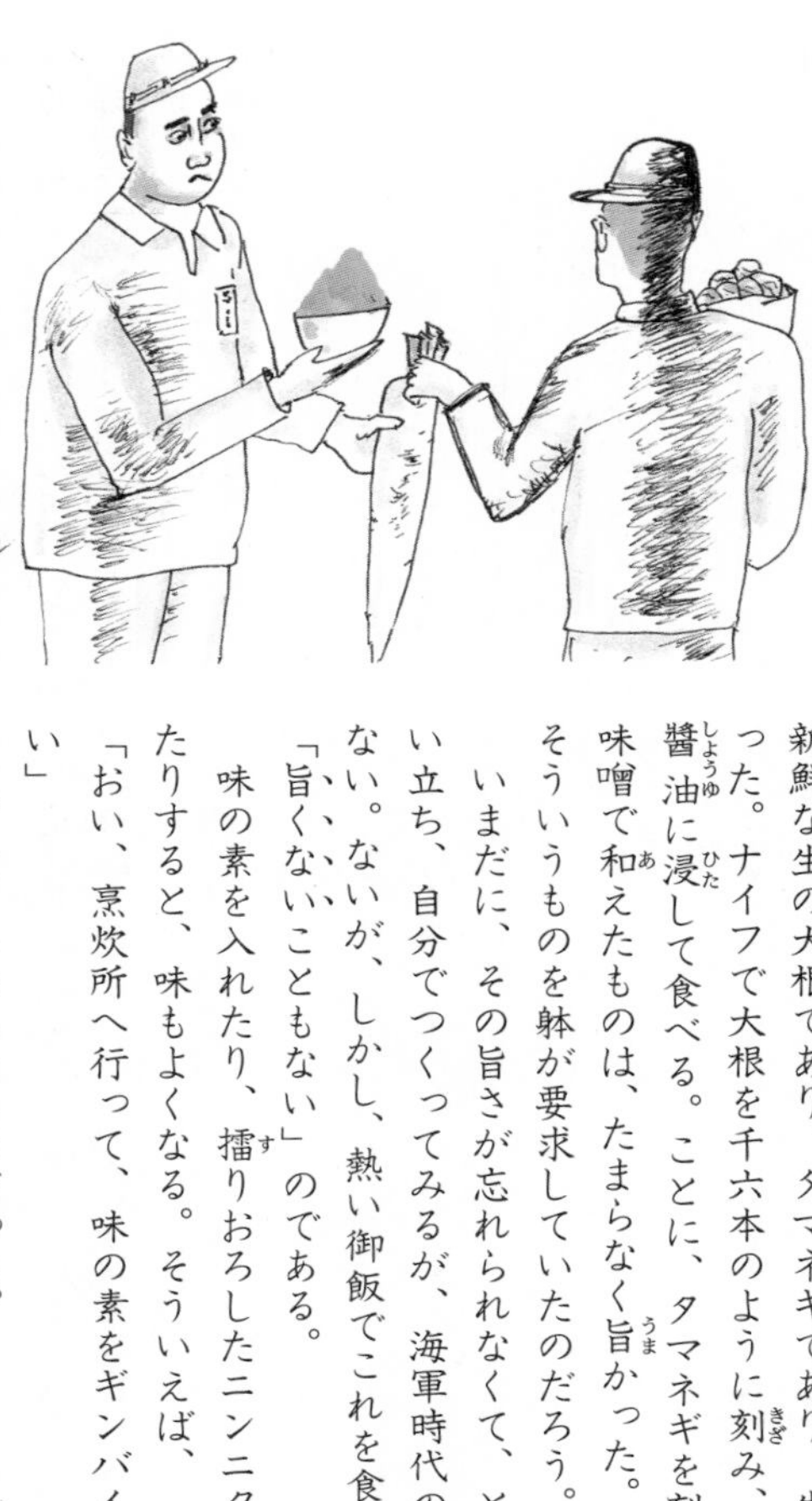

私たちが、もっとも口に入れたいとおもうものは、新鮮な生の大根であり、タマネギであり、生味噌だった。ナイフで大根を千六本のように刻み、味噌や醤油に浸して食べる。ことに、タマネギを刻み、生味噌で和えたものは、たまらなく旨かった。きっと、そういうものを躰が要求していたのだろう。

いまだに、その旨さが忘れられなくて、ときに思い立ち、自分でつくってみるが、海軍時代の感激はない。ないが、しかし、熱い御飯でこれを食べると、「旨くないこともない」のである。

味の素を入れたり、擂りおろしたニンニクを入れたりすると、味もよくなる。そういえば、

「おい、烹炊所へ行って、味の素をギンバイして来い」

と、よくいわれたものだった。

（一九八七年十一月十九日号）

❖おでん

秋になると、子供のころの私たちは、

「もうすぐ、おでんの小父(おじ)さんが来るよ」

と、はなし合った。私の町内へ屋台車(やたいぐるま)を曳(ひ)いておでんを売りに来る中年男は、血色がよい、無口な人だった。

もう一人のおでん売りは、天神(てんじん)ヒゲを生(は)やした薄汚い老人で、

「ヒゲじじいのは食べちゃいけないよ、伝染病になるからね」

と、母がいった。当時は、屋台のおでん売りでも、煮込みと味噌の二種類があって、子供たちは、あまい味噌がたっぷりかかった味噌おでんを買った。チクワとコンニャク、それぞれ一銭で、里芋は二銭だった。大人たちは煮込みのおでんを好んで、よく、夕飯の総菜にしたものだ。

江戸時代のおでんは、味噌おでんが主体となっていたようで、歌舞伎の「四千両小判梅葉」の序幕で、通りがかりの中間が、屋台のおでんを食べて「お前の味噌は、めっぽうけえ味がよくついている」と、セリフをいう。もちろん、江戸時代も末期ともなれば、煮込みおでんもあったろうが、主体は何といっても味噌おでんだったろう。里芋やコンニャクを湯からあげ、白い清潔な布巾の上に置いて、水分をとり、味噌だれをからめる小父さんの手つきをいまも思い出すことができる。

何かのときに、ヒゲじじいが、小父さんに喧嘩を売ったことがある。だれが見ても、小父さんのほうがうまいし、清潔だ。客をとられてヒゲじじいは苛ら苛らしていたにちがいない。ついに、ヒゲが飛びかかって行くと、事もなげに払い退けておいて、小父さんは無言で熱い味噌だれを、ヒゲじじいの頭へ打っかけた。

「わあ、ヒゲじじいが、おでんになった」

われわれは、大よろこびをしたものだが、私が味噌おでんで最も好きだったのはコンニャクだ。

あるとき、私が母に、

「コンニャクは、何から出来るの?」

と、尋いたら、母の返事がふるっていた。

「コンニャクは、消しゴムから出来るのさ」

(一九八七年十一月二十六日号)

❖東郷元帥

むかしは、軍国主義の日本だったから、日露戦争の折、日本海の海戦でロシアのバルチック艦隊を打ち破った、東郷平八郎の顔は、小学生でも知っていた。旗艦〔三笠〕の甲板に立つ東郷の勇姿を描いた絵を機会あるたびに見ており、その顔貌は、しっかりと子供たちの脳裡にも、きざみつけられていたのである。

そのころ、私たちが「東郷元帥」とよんでいた老人の、〔どんどん焼〕(いまのお好み焼)の屋台があった。まさに老人は東郷さんに生き写しの顔立ちで、私が住んでいた町の一角へ屋台を引っ張って来ると、あまり動かず、子供たちを相手に商売をしていた。

洋食屋出身のMの、スープを使ったやきそばや、絶えず新しいメニューを工夫するEのどんどん焼にくらべると、東郷元帥のは、あまり特徴がなく、格別にうまくはなかったけれども、その顔が物をいって人気があった。私の曾祖母などは、東郷元帥の屋台の前を通るとき、ちょっと腰を屈めて一礼したものだ。東郷さんは無口だった。黙々とはたらき、夕方になると同じ町内の駄菓子屋の二階へ帰って行く。老人は独り暮しだった。

曾祖母は、老人のメニューの中でも特に〔オムレツ〕が好きだった。卵と小麦粉を溶きまぜて鉄板の上へながし、ボイルした牛の挽肉を置き、折りたたむように焼きあげた一品だ。東郷元帥の本名は武田さんといった。赤い毛糸の帽子を頭に載せ、着ているものの上

へ女の割烹着をつけて働いていたものだ。

　終戦後、越後へ向う列車の中で、東郷元帥そっくりの男を見かけたことがあった。顔といい、猫背気味の躰つきといい、ちょっとした動作までが実によく似ている。おもいきって傍へ行き、

「失礼ですが、あなた、武田さんとおっしゃいませんか？」

　声をかけると、その人は私を睨むように見て沈黙したが、ややあって「ちがいますよ」と、こたえてよこした。

　その沈黙と、こたえたときの口調が、いまも気になっている。あの青年は、〔東郷元帥〕の息子さんではなかったのかと……。

（一九八八年二月十一日号）

コーシー

私が、ほんとうのコーヒーを口にしたのは、小学校を卒業し、はたらきはじめてからのことだ。

子供のころ、コーヒーだとおもっていたのは、角砂糖の中にそれらしい粉のかたまりが埋め込んである代物で、これを湯に溶かしてのんだり、または、そのまま食べたりした。

私もそうだが、祖母も曾祖母も「コーヒー」といわずに「コーシー」といった。「ヒ」の発音が「シ」になってしまうのは、東京の下町の訛といってよいだろう。母は「コーヒー」だった。

曾祖母は、明治維新のころ、大名家の侍女をつとめていたそうだから、コーヒー入りの角砂糖など、何としても口にしなかった。

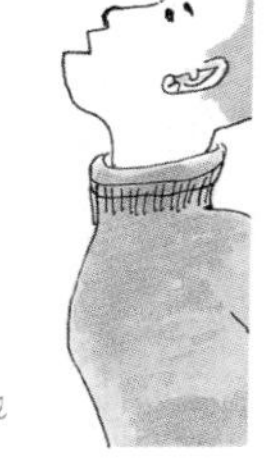

私が、コーヒーの角砂糖を宙にほうり投げ、それを口で受け止めたりするのを見ると、さも、いまいましげに、

「それ、そんなものを口にするから、お前さんは行儀まで悪くなってしまった。いまに眼の色が青くなるよ」

「どうして？」

「コーシーなんてものは、毛唐人が口にするものだというじゃあないか。おお、気味が悪い、気味が悪い」

いまの私は、毎日、二杯のコーヒーをのむ。

豆は、ホテルにつとめている若い友人が心配してくれるおかげで、旨いコーヒーをのんでいるわけだが、某有名ホテルの出店などで、うっかりコーヒーをのむと、吐き出してしまいたくなる。

「これほどまずく、コーヒーをいれるというのも、なかなかむずかしいとおもう」

と、或人がいった。同感である。

食後のコーヒーは旨いものだが、それだけに大事なものだ。コーヒーの旨いレストランは料理も旨いのではなかろうかとおもっていたら、東京のレストランではたらいているコックが、事もなげにこういったそうな。

「コーヒーと料理は別のものです。係りがちがいます」


（一九八八年二月十八日号）

❖蕎麦

むかし、東京の下町では、ちょいと腹が減ったときとか、気のおけない客をもてなすときなど、店屋物（てんやもの）を取るのだが、そうした場合、圧倒的に蕎麦（そば）が多かった。しがない職人の家では、鰻（うなぎ）や天ぷらは、高価すぎて手が出ないし、また、鰻屋や天ぷら屋は、町内に無かったと記憶する。商売にならなかったのだろう。

出前持ちが、

「毎度ありがとうございい」

の声と共に、注文のもりそばを畳の上へ置くや、ぷぅんと蕎麦の香りがただよった。いまだに、その香りを忘れない。いまは、香りがする蕎麦など、めったに、お目にかからないようになった。

子供たちは、蕎麦の相伴（しょうばん）をさせられるのが迷惑だった。これが、カツライスなんかだったら、生唾（なまつば）をのみ込んで飛びつくところだが、蕎麦の味がわかるようになるまでは、まだ何年もの歳月を必要とする。

さて……。

小学校の卒業が間近になると、いよいよ私も、職業の選択にかからねばならなかった。

祖母や母にも、

「中学へはやれないよ。卒業したら、奉公に行くのだよ」

何度も、念を押されていた。

いろいろと考えたが、私が選んだ職業の一つに、蕎麦屋の出前持ちがあった。冬の寒風を物ともせず、手拭地のシャツ一枚で自転車に乗り、自分の背丈ほどもある蕎麦の山を片手に支えて行く出前持ちの威勢のよさ、いまでいうカッコよい姿に、私はあこがれたのだろう。

「蕎麦屋へ奉公に行きたい」

母に、そういうと、

「うーむ。蕎麦屋もいいけど……」

いいさして、母は、口ごもった。曾祖母も祖母も反対だった。

母は黙っていたが、それは、ひそかに期するところがあっての沈黙だった。


（一九八八年二月二十五日号）

❖稲荷ずし

故溝口健二監督の名作〔残菊物語〕は、五代目菊五郎の養子・菊之助と乳母のおとくの悲恋を描いたものだが、夏の夜ふけに菊之助が夜遊びから帰って来ると、暑さにむずかる赤ん坊（これが六代目菊五郎となる）を抱いて、外へ出て来たおとくに出合う。

このシーンは、すばらしいもので、場面は夏の夜更けの、新富町河岸である。夜更けも夜更け、午前一時ごろなのに、風鈴の音が何処（どこ）からか聞こえてくる。風鈴売りがながしているのだ。同時に、

「いなりさぁん……」

の呼び声も聞こえる。

これは、稲荷（いなり）ずしを売る呼び声なのだ。

私が、このシーンに、いたく郷愁をもつのは、少年のころの私は数え切れぬほど、稲荷ずしによって夜更けの空腹を充（み）たしたことがあるからだ。

小学校を出た私の勤め先は、茅場町にあったT商店で、住み込みで働く小僧、中僧が十何人もいた。食事は、賄（まかな）いのおばさんがたっぷりと食べさせてくれるのだが、何といっても食べざかりだから、寝る前には、腹が減って、どうにもならなくなる。

それを、あたかも待っていたかのように、

「いなりさぁん……」

呼び声が、近づいて来る。店員居住区の三階の窓を開けて、用意の平たい大きな笊（ざる）を道路へ紐（ひも）で下げると、

「へえ、毎度、ありがとう存じます」

「四十箇入れて」

「今夜は少いですね。へい、入れましたよ」

「お金、入っていたね」

「いただきました」

見ると、大通りの向う側のM商店・本宅に住み込んでいる店員たちも、笊をおろしている。私は後に、M商店へ移った。

笊に入った稲荷ずしを引き上げて、仲間と食べるたのしさは、筆につくせぬ。呼び声があちこちと廻って遠去かるのを聞きながら、眠りに入ったものだ。

（一九八八年三月二十四日号）

❖チャンポンとシューマイ

兜町は証券取引所を中心に、大小の株式仲買店が、ひしめき合っている町だ。私が入店したころは、女の事務員が一人もいなかったし、男の店員も、年少から叩きあげるというのが建前で、大学出の男は、あまりいなかったようにおもわれる。

兜町の食べもの屋は、みんな旨かった。屋台も出ていた。それも忙しい仕事の合間に食べるものだから、簡単で、ちょっとしゃれたものでなくては客が寄りつかない。

私がいたM商店のとなりに、シューマイを売る屋台が出ていた。威勢のよい中年男が売るシューマイは小ぶりのもので、肉を包む皮の塩梅がよく、亡母が死ぬ前まで、

「もう一度、兜町のシューマイが食べたいね」

といっていたのは、私がよくみやげに持って帰ったからだ。

このシューマイ屋のおやじが、現在、私と親しいH君の父上だったことが、最近になってわかった。

この店では、シューマイのほかに揚げワンタンを出した。双方とも小皿に盛って、揚げたて、蒸したてを芥子醤油で食べる。箸は出さない。爪楊枝で食べるのが、忙しい商売にはたらく男たちにはぴたりと嵌まっていた。このスタイルにたどりつくまで、H君の父上は、どんなに苦労をしたろう。一口で食べられて、皮と肉との塩梅がよいシューマイを探

しているが、いまは何処にもない。

もう一つ、これは兜町の何処の店でも出した「チャンポン」というのがあった。長崎名物の（ちゃんぽん）ではなく、これは、のみものだった。いってみれば何のことはない、ミルク・コーヒーのことである。つまり、ミルクとコーヒーをちゃんぽんにコップへ入れて出すところから「チャンポン」とよんだのだろう。

口が奢っていて、万事に気ぜわしい兜町の人たちに気に入られるためには、シューマイ一つ、チャンポン一つ出すにも工夫が要ったろう。

チャンポンと共に食べたジャム・トースト。小さなフランスパンを網で焼き、真中へナイフを入れ、極上のジャムを塗ったのをパラフィン紙で包む、その包み方にも工夫があった。

（一九八八年三月三十一日号）

❁アイスクリン

　私が子供のころ、アイスクリームのことを、曾祖母（ひいそぼ）や祖母、祖父は、「アイスクリン」と、いった。

　この西洋渡来の氷菓子が、日本へ入って来たのは、明治の後期ではなかったろうか。三角帽子のような容器へ、金属製の杓子（しゃくし）ですくい取ったアイスクリンは、白っぽくて水っぽかった。縁日（えんにち）の屋台や、自転車へ缶を積んで売りに来るだけに、高くはない。それだけに牛乳も卵黄も、あまり入っていなかったのだろう。

　小学校を卒業するころ、母の従弟Tに連れられて、浅草へ映画を観（み）に行った帰りに、Tが、

「おい。旨いものを食べさせてやる」

こういって、〔レストラン中西〕へ入り、カツライスの後で、クリーム・ソーダを注文してくれた。そのときの、アイスクリームの旨かったことは、いまだに忘れない。

「縁日のやつは、砂糖水のかたまりだよ」と、Tはいった。

でも、私たちの〔アイスクリン〕は、後年になって口にした本格的な、黄色いアイスクリームよりも、夏らしい感じがした。いまは冬でも食べるが、何といっても、これは夏のものだったのである。アイスクリンという名前の響きからして、いかにも涼しげだった。

外国へ行くようになってから、諸方のアイスクリームを食べたが、南フランスのマントンの街路で売っていた屋台のチョコレート・アイスクリームが旨かった。

私が、初めてフランスへ行ったのは十一年も前のことになるが、エッフェル塔の下の公園に立ち売りのアイスクリームが出ていたので、一つ買って食べてみると、白っぽくて水っぽい、むかしのアイスクリンの味がした。一つ食べて、さらに一つ買うのを見ていた同行の友人が、

「こんなの、どこがいいんです？　砂糖水のかたまりみたいじゃないですか」

「いいんだ。ぼくには、こいつが旨いんだよ。なつかしい味がするんだ」

（一九八八年四月七日号）

❖幕間

子供の私に芝居の味をおぼえさせてくれたのは、亡母である。母は質屋へ行っても、毎月の芝居見物を欠かさぬ人だった。歌舞伎座へ行くと、先ず、幕間（まくあい）に食べる弁当を食堂へ行って申し込む。

母は、すでに離婚していたから、実家の姓の〔今井〕で申し込むと、幕間の食堂には〔今井様〕の名札が出ている。いつも、〔辨松（べんまつ）〕の五十銭の弁当だった。

これはいまも変らぬようでいて、大いに変っている。第一に弁当の味がちがう。いまは、団体客と共に押し込まれて、ただ、さわがしいままに、味気ない、何となく、わびしい弁当を食べるだけだが、むかしは幕間が、もっとゆったりとしていた。

幕間の時間は同じだが、気分は全くちがう。演舞場の中華料理、明治座の寿司など、各劇場それぞれに旨（うま）いものがあった。

戦前はさておき、東京オリンピックの前までは、劇場で食べるものは、そうひどいものではなかった。

私は、十三歳ではたらきに出たが、その年の秋、はじめて自分の月給で歌舞伎座・三階席の切符を買い、いつものように食堂へ行き、その日は〔今井〕ではなく、自分の姓〔池波〕で一円の弁当を申し込んだ。

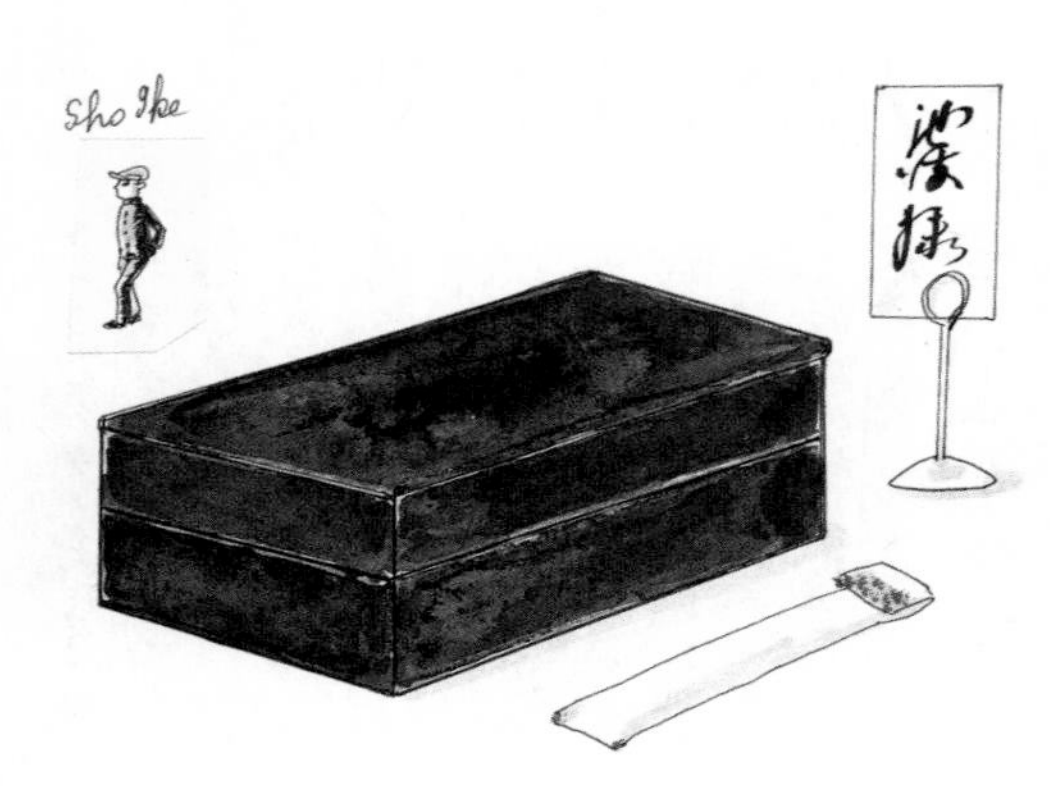

幕間となって、食堂へ入ると、すぐに〔池波様〕と記した名札が見つかった。

そのときの、何ともいえない気持ちは、いまも忘れない。自分の金で切符を買い、弁当を申し込んだ、観劇の夜であった。

何となく、一人前になったような気分、大人の階段を一段だけ昇ったようなおもいがしたものだ。

月給は通勤で七円。そのうちの二円を家へ入れた。芝居の弁当が味気なくなったのは、駅弁と歩調を合わせている。値段がバカに高くなったのも同様だ。

やがて私も、幕間に鰻だの寿司だのをとるようになり、五年もすると、酒の一本ものむようになり、煙草も吸うようになったが、見物する席は、子供のころから観なれた三階席にすることが多かった。

（一九八八年五月五・十二日ゴールデン・ウィーク特別号）

ホットケーキ

私が、ホットケーキを、はじめて口にしたのは、たしか、小学校の五年生になったときだった。

こういうものは、下町の子供たちに縁がなかった。

卵とバターの香りがする焼きたてのホットケーキ。香りのよいシロップをたっぷりとかけまわして食べる旨(うま)さは、たとえようもなく、ハイカラな味がした。

神田・須田町に、いまもある〔M〕という果実店のパーラーへ、私を連れて行き、

「この店のホットケーキは有名なんだよ」

と、食べさせてくれたのは、父だった。

父と母は、すでに離婚していた。

時折、父が母の実家へあらわれ、私をさそ

い出した。

離婚したからといって、父も母も幸福になったとはおもえなかった。母は再婚に破れてしまったし、父は再婚もせず、何処か、さびしそうだった。

父母が憎み合って別れたのではないことは、後年になってわかったが、当時は、どうしても理解できなかった。なぜ大人たちは、自分からもとめて不幸になるのだろうと思った。

「どうだ、旨いだろう？　私は食べたことがないけれど、みんな、旨いといっている」

いいながら、ナイフでホットケーキを切ってくれた。大酒のみの父には、ホットケーキは無縁の食べものだった。

「お母ちゃん、どうしてる？」

「相変らずだよ」

「相変らずって、どういうことなんだ？」

「気が荒くて仕様がないよ」

「ふうん……」

父は、煙草のけむりを吐いて、

「そうか、気が荒いか……」

つぶやいて、沈黙した。

私は、ホットケーキを食べるのに夢中だった。


（一九八八年五月十九日号）

❖そうめん

私が小学校三年生のとき、九十歳に近くなっていた曾祖母は、死病の床についた。折しも夏にかかろうとする時分で、食欲も失せた曾祖母は、しきりに、そうめんを食べたがった。

曾祖母の看病は、祖母と母がやった。何しろ、母は働きに出ていたし、祖母は、台所のことなぞ、まったく関心がない人だったから、

「そうめんなんて、面倒くさいねえ」

顔を顰めるばかりだった。そこで私が、

「オレがやるよ」

と、申し出たものだから、母は大よろこびで、

「そうかい。私が、つくり方を教えるからやっとくれ。たのむよ」

「よしきた」

学校から帰り、母が教えてくれたとおり、そうめんを茹で、汁をつくる。私は、たちまちにおぼえ、毎日、倦むこともなくつづけた。

何しろ、曾祖母は私を可愛がってくれた唯一の人だ。ゆえに、私がつくるそうめんを非常によろこんでくれたのである。

やっているうちに、だんだん、おもしろくなり、ブッカキ氷を小づかいで買い、そうめんの中へ浮かせて出したりすると、

「ああ、お前さんは、いまに、立派な板前になるよ」

泪を浮かべて、ときには、革の巾着から五銭、十銭とおだちんをくれる。曾祖母は、このおだちんがなくなると、私が、そうめんをつくってくれないとおもっていたらしい。

亡くなる一日前に、母をよび、巾着をわたして、

「もう、すぐに、三途の川をわたるから、これは正太郎にやっておくれ」

いい遺して死んだ。

私がもらった巾着の中味は、よくおぼえていないが、たしか三円二十銭ほどだったろう。

曾祖母は、いまも私を助けてくれ、現にほれ、こうして原稿の素材になってくれる。

（一九八八年六月二日号）

II

❖女に征服された劇場

帝劇で、ミュージカル〔シカゴ〕を観た。ブロードウェイでの初演は一九七五年であるが、東京では三年ほど前に新宿のシアター・アプルで上演され、もう若くはない草笛光子、植木等、上月晃のキャリアが見事に開花し、三人のバランスがよく、相当の成果をおさめた。

手ごろなシアター・アプルにくらべると、帝劇のステージは大きすぎる。ステージも大きいが、共演の鳳蘭、麻実れいの二女優の肉体も大きい。さらにマイクの音量が大きいから、しまいには頭が痛くなってくる。

このミュージカルは一九二〇年代

のシカゴが背景になっていて、スターへの願望が強烈なロクシー・ハート（鳳）が不倫の相手をピストルで殺し、刑務所へ入るが、これも入獄中のヴェルマ・ケリー（麻実）は、その年もっともスキャンダラスな犯罪の主人公で、マスコミに大きく取りあげられる。それが虚栄のかたまりのようなロクシーにはおもしろくない。

こんな恐ろしい女たちが軸になっているのだから、そこには、いくばくかの愛らしさとユーモアが匂い出てこないと、このミュージカルは成立しない。

宝塚の男役出身の鳳と麻実は共に骨格たくましく、宝塚の女役を相手に男を演じるにはふさわしいが、このステージでは肉体的に、また歌唱の上で彼女たちとバランスがとれた俳優が一人もいない。舞台の要（かなめ）となる悪徳弁護士ビリー・フリンに扮した若林豪は決して小さな男ではないが、膝にのせたロクシーのパントマイムに合わせて唄う一景では、離婚後、さらに肉がついた鳳に圧倒されてしまう。このナンバーはボブ・フォッシーの振付・演出も曲もよく、秀抜の一景だけに期待したが、まんまと外れた。

ただし、ボーイズをしたがえた鳳の〈ロクシー〉の一景では、大型女優の芸と風格を存分に見せてくれた。

満員の客席は、すべて、女……男の観客はわずか数人で男性トイレはガラあきだった。

（一九八六年十一月六日号）

❖作家の工房

カメラマンの南川三治郎さんの著書『推理作家の発想工房』を見ると、欧米の推理作家の邸宅と書斎がカラーで紹介され、そのめぐまれた豪華な環境に同業者として瞠目する。日本では、どんな職業であろうとも税金に強奪されて、男たちは骨抜きにされてしまったし、さらに、せまい国土をもつ国民であるからには、全く望み得ないことだ。

わずか三十坪の敷地に書庫と三間の部屋しかない私の家だが、六十をこえたいま、ここで死ぬよりほかはないとおもっている。また大きな家に住みたいともおもわぬ。小さくてせまい我家をひろく使うためには、先ず生活を簡素にするのがいちばんで、年々、このことに心がけている所為か、この本の中で、女流のパトリシア・ハイスミスとスタンリイ・エリンの工房と生活が、まことに魅力的だった。前者はスイス・イタリア国境の小さな古い家に住み、隠遁生活者を自認しているが、後者はちがう。

日中にも人の気配すらなく、タクシーの運転手も其処へ行くのを怖れているというニューヨークのブルックリンに生まれ育ち、いまも暮しつづけているというスタンリイ・エリンは、危険をもかえりみず、毎日数キロの散歩を欠かさないそうだ。七十になってもたくましさを失わぬ肉体を黒の毛糸帽子とオーバーに包み、銃撃や殺人が日常のことになったブルックリンを行くエリンは実に男らしい。

そのアパートも工房も簡素をきわめている。私も追々に、このような暮しぶり、仕事ぶりにしたいと考えていて、うらやましくおもった。

作家には、いろいろの分野があるけれども、私にとって、もっとも大切なのはスタンリイ・エリンのような生活だ。エリンは南川さんに「私の家へ来るのは危険だから」と、ホテルまでわざわざ迎えにきて、ブルックリンで地下鉄を降りると、老人とはおもえぬ強靭（きょうじん）な体をピタリとつけ「私につかまって歩けば安心でしょう」と、南川さんにささやいたそうである。

（一九八六年十一月十三日号）

❖贅沢の味

この秋の東宝シネ・ルネッサンスの催しで、一九三二年製作のアメリカ映画「グランド・ホテル」が約五十年ぶりに再上映された。この映画を初めて観(み)たときの私は小学生であったから、さして感銘を受けなかったけれど、六十をこえたいま再見し、メトロ・ゴールドウィンの豪華大作のすばらしさには、おもわず嘆声を発した。グレタ・ガルボをはじめ、バリモア兄弟、ジョーン・クロフォード、ウォーレス・ビアリーなど、つぎからつぎへ登場する往年の大スタア(ガルボ以外は、ほとんど死去している)を見事にさばく脚本と、エドマ

ンド・グールディング監督の演出ぶりには全く胸がすくおもいだった。

　この映画の舞台は、ベルリンらしき大都会の大ホテルで、カメラは、メトロ特有の大セットの中からほとんど出ない。ライオネル・バリモアの老会社員がホテルの特別室へ入り、その部屋がバス・トイレつきと聞いて、狂喜する場面がある。

　だが、いまは何処の小さなホテルのシングル部屋にもバス・トイレはついているし、個人の住居も大半は浴室をもち、日本の銭湯は消えつつある。むかしのベルリンには銭湯のように便利なものがなかったろうから、質素に暮している老会社員が、これを至高の贅沢としてよろこぶのも当然だろう。

　また、このような豪華大ホテルは世界中に数え切れぬほどできていて、むしろ、サーヴィスの行きとどいた小ホテルが珍重される時代となった。

　こころみに「贅沢」の反対語は何かと考えてみたが、むろんのことに「貧困」ではない。反対語辞典にもなかった。そこで「質素」の項をひくと「奢侈」の二字が出てきた。奢侈と贅沢とはちょっとちがうかも知れないが、先ず同じ意味といってよい。現代は借物の贅沢が万人のものとなったので、真の贅沢は人びとの心から消えてしまった。

　これが人間にとって幸福なのか、不幸なのか、審判はいずれ下るだろう。


（一九八六年十一月二十七日号）

❖八十五歳のブレッソン

ロベール・ブレッソン監督の新作〔ラルジャン〕がフランス映画社へ入った。ブレッソンの〔抵抗(レジスタンス)〕が日本へ入って来たのは三十年も前のことで、それを観たときの驚嘆は、いまもって忘れ得ない。ドイツ軍に捕えられた若いフランス士官の脱獄の心理と行動を克明に追求した手法の斬新さ、丹念にクローズ・アップを積み重ねてゆく演出のエネルギイは、つづく〔スリ〕によっても同様で、ブレッソンは人間の顔ばかりではなく、さまざまな手のうごき、手の表情を重視する。だから、女のファンが多いのだろう。

女性は、男の手のうごきと表情に、深い関心をもっているからだ。男は、そのことをよくわきまえていないらしいが……。

今度の〔ラルジャン〕は一枚の五百フランのニセ札の使用によって、ドラマの波紋がひろがる。ブレッソン自身が書いた脚本にも、演出にも、削りとるべき肉づきはすべて削りつくされ、その簡潔無類のスタイルは、一種筆舌につくせぬ美を生む。

ブレッソンは一九〇一年の生まれというから、今年八十五歳になるわけだが、それほどの老匠にして、いささかもちからがおとろえていないのは驚異である。〔抵抗(レジスタンス)〕をつくったときは五十五歳だったのだ。ブレッソンは、その経歴から推(お)してみても、かなりの年齢に達していることだろうとおもっていたが、かほどの高齢になっていようとは考えてもい

なかった。

　ブレッソンの映画が簡潔だということは、むろんのことに、老いて枯れたということではない。つよい骨格のドラマの贅肉をここまで削りとるということは、よほどのエネルギイがなくてはできぬ。脚本を書き、演出をしたことがあるものなら、はっきりとわかることだ。このようなブレッソンの仕事をみていると、六十をこえた自分も、まだやれるようにおもえ、元気が出てくる。ブレッソンの映画は私の回春薬のようなものだ。

　全篇に絶え間なく、映像の底からきこえている車輛の疾走音の中で、ドラマを見つめるブレッソンの眼は、強靭な光りをはなっていた。

（一九八六年十二月四日号）

❖ビリヤード

ポール・ニューマンが〔ハスラー〕という映画で、撞球（ビリヤード）の勝負師に扮して、ジャッキー・グリーソン演じるミネソタ・ファッツと三十六時間にわたる死闘をスクリーンに見せたのは、二十五年前のことだ。

このたび日本へ入ってきた〔ハスラー2〕でも、ニューマンは前作のエディ役を演じる。若かったエディも二十五年の歳月を経て、白髪も多い五十男となってスクリーンに登場するが、ポール・ニューマンも今年六十歳の還暦を迎えたことになる。

すでに、エディは勝負師の世界から足を洗っているが、むかしの自分を見

るような若者（トム・クルーズ演）を発見し、勝負師の血がさわぎはじめる。だが、この若者は現代の若者だから、かつてのエディとはまったくちがう。大会で、わざとエディに負けてやり、その賞金をわたしながら、まるで勝ち誇ったように、八百長の真相をエディに打ち明けてしまう。だがエディは眉毛一筋うごかさぬ。ポール・ニューマンの老け顔は、若者の顔にくらべて問題にならぬほどに、すばらしい男の香りをはなつ。

「ニューマン、いい顔になりましたねえ」

試写室の隣席にいたFさんが、私にささやいた。

私も、むかし、撞球をやった。亡き両親が一時、根岸で撞球場を経営していたことがある。ゲーム取りのおとりちゃんの声や、客の相手をしてキューをつかう母の姿が、いまも眼に残っている。

私が最後にキューをにぎったのは、三十年も前のことで、湯河原の楽山荘という宿へ滞在し、脚本を書いていたとき、新国劇の長老女優といわれた故久松喜世子さんにさそわれ、丘の下の撞球場へ行った。球が寄ってくると、久松さんが見事なマッセでさばいた、その姿が、いまも眼に残っている。当時、久松さんは七十をこえていたろう。私は、三十を出たばかりだった。

私にとって、ビリヤードの球音は、さまざまな想いをさそうのだ。

（一九八六年十二月十八日号）

※アーヴィング・バーリン

喪中ゆえ、一人の来客もない静かな元旦に、何のレコードを聴こうかと迷ったが、結局、アーヴィング・バーリンの〔アニーよ銃をとれ〕にした。〔アニー……〕のレコードは数種あるが、この日かけたのは一九六六年のリンカーン・センターにおけるオリジナル・キャストで、アニーを十八番の当り役とするエセル・マーマンが久しぶりにアニーをつとめ、バーリンは彼女のために〔オールド・ファッションド・ウェディング〕という、すばらしい歌曲を新しく書いた。この一曲は、ある意味でバーリンの最新作といえるかも知れない。

アーヴィング・バーリンは南ロシアの小さな村に生まれ、四歳のときに父母と共にニューヨークへ移住した。八歳のころに父が死んだので、バーリンは新聞売子をしたり、酒場をまわる流しの歌手をやったりした。

こうした生活体験により、彼の音楽家としての才能、その情感のふくらみは無限のものとなり、ミュージカルの舞台に、映画に、無数の歌曲を発表しつづけてきた。ガーシュインは「アメリカのシューベルトだ」と評し、ジェローム・カーンは「楽劇王ワグナーに匹敵する大作曲家である」と、ほめたたえた。私もそうおもうが、クラシック・ファンは顔を顰(しか)めるかも知れない。国柄を超えたバーリンの曲は、それぞれの主題を的確につかみ、一度、耳へ入ったら忘れられなくなってしまう。

「バーリンの歌曲とフレッド・アステアのダンスがなかったら、われわれの青春は闇だったろう」などというアメリカ人は非常に多い。

　私が自分の仕事の上で目ざすところは、アーヴィング・バーリンで、この姿勢は三十年来、少しも変っていない。時代小説とバーリンの歌曲、その関連をふしぎにおもうだろうが、私はバーリンの曲を聴くたびに、ちからをふるい起すことができる。

　バーリンは、いま九十九歳になり、あたたかい日には若者に躰を支えられ、散歩をしているようだ。古いニューヨーク人(びと)は、これを見ると帽子をとって、いたわりをこめた敬意と愛情の視線で、バーリンを見送るそうである。

（一九八七年一月二十九日号）

❖市川崑

市川崑監督の新作〔映画女優〕を観(み)た。市川氏への期待はあったが、これほどまでに成功していようとはおもわなかった。

亡き田中絹代をモデルにしたものだが、少女時代の絹代と、その家族を主軸にした前半三分の一は、当時の松竹映画を観るようなロング・ショットの演出で、その間に日本映画の発展ぶりが興味ふかく挿入される。やがて絹代がスタアとなり、溝口健二をモデルにした名監督と、映画への情熱を分ち合うあたりから、切れ味のよいショットとクローズ・アップを投げ込み、テンポを速めて画面

はぐんぐんと盛りあがって行く。その呼吸のよさは吉永小百合の好演と相俟(あいま)って、近来の見ものといってよい。

絹代をモデルにして、その風情、性格を感じさせながら、しかも一個の女優の半生を演出し、演技したというところに格調が出たのである。

市川監督との交誼(こうぎ)はない私だが、この人が日本映画の巨匠であることに、だれも異存はないだろう。しかし、この人は巨匠などという名称に全くこだわらない。いつも、のびのびと、六十をこえて、いよいよ精神が若くなり、好奇心が強く、自由自在に生きているようにおもえてならぬ。だから仕事をするチャンスが絶えず、ことに近年は秀作佳品を連発して、私のようなファンをよろこばせてくれている。

この人の美的センスは、現代日本の映画監督の中ではピカ一で、画面に美と品格がある。また俳優のセリフが、いちいち明確にきこえるのも市川映画の特徴だ。セリフのわからぬ映画や舞台の俳優が、あまりにも多いゆえ「特徴」といったのである。

名声やキャリアに自ら縛られることなく、いつも前進しつづけている市川監督を私は憧(しょう)憬(けい)の目で見てきた。夫人を病気で失ったときには、陰ながら案じたものだが、いまは実に元気のようにおもえる。巨匠、老監督、そんな名称には全く無縁の、この人の次の映画は何だろうか……いまから、たのしみだ。

（一九八七年二月五日号）

❖歌曲と時代

めずらしいレコードが出た。一九四九年にブロードウェイで初演されて大ヒットとなり、映画にもなったミュージカル・プレイ〈南太平洋〉が、人気絶頂のオペラ歌手キリ・テ・カナワとホセ・カレーラスによってレコーディングされたのだ。オペラ愛好者は顔を顰(しか)めるだろうが、このレコードを企画したのは、ほかならぬテ・カナワとカレーラスなのである。

南太平洋の、ある島におけるアメリカの従軍看護婦のロマンスを描いたハマースタイン（詞）、ロジャース（曲）のコンビによる、このミュージカルが初演されたころは、同時代を描いた常

盤新平氏の小説「遠いアメリカ」を読んでもわかるように、長い戦争を終えた人びとが、それぞれの努力の結実に希望を托せる時代だった。

勝者のアメリカも敗者の日本も同様であって、ことに若者たちの生活には感傷と悲歎と歓喜が交錯しつつ、彼らを鍛え、その情感をゆたかに育てた。

当時の歌曲は生き生きと光っていて、人びとにちからをあたえた。やがてアメリカは他国の戦乱に介入しつづけて荒廃を重ね、その荒廃が生んだ音楽や歌曲が、ぬるま湯につかったような日本へ入って来て、すべてが断絶してしまった。

現代は、情感によって人と人が理解し得る日本ではない。理屈でケジメをつける時代なのだ。先ごろ私が書いた巨星バーリンの名や歌曲さえも、いまや五十をこえた人びとの胸にしか残っていない。当時のことを現代の若者に語ってみてもムダだろう。こうしたときに、クラシックの大物歌手が何故〈南太平洋〉に取り組んだのか、その意図をくわしく知りたいものだ。

つぎからつぎへ展開する名歌曲、その充実感は、いまのアメリカン・ミュージカルから消えてしまった。このレコードでは、ジャズ・シンガーのサラ・ヴォーンが二人のオペラ歌手にまじり、名曲〈バリ・ハイ〉を歌って、テ・カナワの〈ワンダフル・ガイ〉を圧倒する。六十をこえたサラの、すばらしい名唱だった。

（一九八七年二月十二日号）

❖マルサの女

伊丹十三の監督としての第三作〔マルサの女〕は、期待を裏切らぬ本格コメディの秀作だった。

第一作は〔葬式〕、第二作は〔ラーメン〕を採りあげた伊丹は、今度、国民の大関心事である税金をテーマにした。目のつけどころがちがう。この監督は、せまい映画の世界から飛びぬけた思想と生活をもっているから、このような発想がわき出して来るのだ。〔マルサ〕すなわち、国税局査察部に所属する査察官たちは、コンピューター、ビデオその他の近代探知兵器を縦横に使って活躍する。

丹念な調査と取材に裏打ちされた彼らの活動ぶりには瞠目するが、脱税派も、あの手この手をつかい、知能のかぎりをつくして逃げる。これは一種の知的サスペンスだ。しかし〔マルサ〕の人びとは三日も四日も家へ帰ることができぬほど、探索と摘発に狂奔し、そのときのみが、彼らの生き甲斐のようにおもえる。探索し、摘発するときの、彼らの生き生きとした表情を見よ。一方、脱税者のほうも、ため込んだ莫大な札束や金塊を秘密金庫に隠していながら、やたらに忙しい毎日を送るのみで、愛人を抱いているときにさえも、一味の者から電話がかかってくるような始末で、ため込んだ金をつかう暇さえもないのである。

なんという、虚しい日本になってしまったのだろう。その虚しさは、ラスト・シーンの〔女性マルサ〕と脱税者との情景に描出されているが、欲をいえば、このラストがもう一つ引きしまらなかったように感じた。

伊丹夫人・宮本信子の〔女マルサ〕と山﨑努の脱税者その他、豪華配役に不足はないし、この監督の好色なところが実にうまく出ている。

現代日本の資本主義……というよりも、一種の民主共産主義ともいうべき不思議で不可解な生態を、この映画は、まざまざと見せつけてくれた。

伊丹監督の第四作に、期待せざるを得ない。

（一九八七年二月二十六日号）

❖中村富十郎

先月（正月）は、中村富十郎が〔鳴神〕を演じるというので、久しぶりに国立劇場へ出かけた。

鳴神上人（なるかみしょうにん）は秘法をもって雨の神の竜神を北山岩屋の滝壺へ封じこめ、このため天下は異常旱魃（かんばつ）となる。そこへ雲の絶間（たえま）という美しい女が、鳴神の秘法を破る方法を安倍清行から伝授され、山へ登って来る。

絶間の色仕掛けによって、禁欲中の鳴神上人は、ついに誘惑に負け、欲情に溺れた一個の男にすぎなくなってしまい、このため秘法は破れ、絶間が滝壺の注連縄（しめなわ）を切ると、たちまち、雷鳴と共に大豪雨となる。

富十郎の鳴神上人の口跡は、いつもながら実にすばらしかった。低い声も一語一句がさわやかに耳へ通り、絶間に騙されて怒り狂ったときの大音声は、国立劇場の壁も破れんばかりだった。

この人の声は天性のものなのか、それとも努力によるものなのか、おそらく双方によって結実した口跡だろう。花道を飛び六法で引っ込む富十郎の鳴神には、まさに歌舞伎の精気、荒事の真髄がみなぎっていた。

これほどにすぐれた歌舞伎の俳優を、ただ便利につかうことだけではなく、もっと、さまざまな主役をつとめさせてもらいたい。歌舞伎ファンは、それを熱望している。

いまは、門閥だの派閥だのといっているときではない。ここ数年の間に時代は激しく大きく変って行くだろう。歌舞伎の危機は、これまでの危機とはちがうのだ。

口跡に酔える役者は、いまや十指に満たぬ。富十郎は、その先頭にいる。しかも踊りはうまく、演技がすぐれているとなれば、これを重用せぬわけにはいかないはずだ。

今月、富十郎は〔勧進帳〕の富樫を演じる。これも観に行くつもりだが、富樫よりも、彼の弁慶で〔勧進帳〕を歌舞伎座で観たい。その日を待ちかねている私だ。

（一九八七年三月五日号）

❖ガルボの近況

この連載の「贅沢の味」に書いたアメリカの大女優グレタ・ガルボは、いま八十一歳になって、ニューヨークに隠れ棲んでいる。彼女がスクリーンで共演した男優たちは、すべて死に絶えてしまったが、ガルボの名声は引退後四十五年も経つというのに、おとろえを見せないそうである。つい先ごろも、ガルボをテーマにした〔ガルボ・トーク〕という映画がシドニイ・ルメット監督によって、つくられたほどだ。

この映画によって、謎めいた彼女のニューヨークにおける生活が或程度は想像することができるけれども、その実体はアメリカのマスコミでも容易につかめないらしい。

しかし、街で見つけられたガルボが望遠レンズのカメラで撮られ、その写真が日本の週刊誌に送られてくることもあって、むかしのガルボ・ファンは目をそむけたくなったものだ。

八十をこえたガルボが老けるのは当然だが、これを追いまわし、空間に凍りついたような彼女の顔を撮るカメラのレンズは実に非情だ。ガルボは隠れるのがうまく、余人の接近をゆるさぬが、たまさかに街を歩いていて気が向くと、通りがかりの、ガルボが興味をそそられた他人の後をつけて行き、その人が何をして何処へ行くのかを、たしかめるのが、何よりのたのしみなのだと、耳にしたことがある。このはなしは、ガルボの深層心理をものがたっていて興味ふかい。ガルボの老体は、まだ、しっかりとしていて街の散歩は欠か

せないらしい。

このほど、写真雑誌に、久しぶりで冬の街を歩むガルボの写真が出た。望遠レンズで撮ったものだが、あえて隠れようとはせず、口もとに微笑さえ浮かんでいる。ガルボは独りではなく、がっしりとした初老の紳士がエスコートしている。サム・グリーンという美術商だそうな。ニューヨークでは「恋人」ができたとさわいでいるらしいが、おそらく、ガルボが心をゆるして語り合える「茶のみ友だち」なのであろう。ともかくもガルボは笑顔を取りもどしたのだ。それが、うれしい。

（一九八七年三月十九日号）

❖ふたりの星

このたび出版された『ジョン・フォード伝』を読み、こころよいショックを受けた。アメリカの大女優で、七十七歳になっていまも健在なキャサリン・ヘプバーンが、フォードと、ある一時期に恋人どうしだったことを知ったからだ。ヘプバーンの恋人は故スペンサー・トレイシーだったと承知していたが、まさかフォード監督とのロマンスがあったとはおもわなかった。

高名な医師の家庭に生まれ育ち、最高の教育を受けた才媛女優と、アイルランド人の豪快な中年男の監督は、共に強情無類で、一九三

六年につくられた〔スコットランドのメリー〕で、初めて顔を合わせた。ときにヘプバーンは二十七歳。フォードは四十一歳だったが、撮影現場では毎日のように二人がトラブルを起し、ヘプバーンの強烈な個性に、さすがのフォードも手こずったようだ。そして喧嘩をつづけるうちに、双方のユーモアが通い合い、いつとはなしに愛し合うようになってしまった。この伝記の著者であり、フォード監督の孫にあたるダン・フォードは「祖父フォードの一生で最も幸せな間奏のひとときだった」と書いている。

　私は思いついて目下研究中の気学から推してみて、スクリーン上の二人の個性と、耳にした挿話などから、フォードとヘプバーンは共に六白の星にちがいないと直感し、それからあらためて二人の星をしらべてみた。フォードの生年の星は、まさに父性と健剛を意味する六白で私と同じ星だったのにはうれしくなったが、ヘプバーンのほうは見事に外れた。彼女の生年の星は一白だった。一白は水の星で、どのような器にも順応する。同時にねばり強く、親愛、病弱、秘密、下半身、苦悩、色情などの象意をふくむ。ヘプバーンが一白の星とは意外だった。しかし、フォードの六白と一白の相性はきわめてよい。

　フォード監督が七十八歳で死の床へついたとき、六十四歳のヘプバーンがニューヨークから駆けつけ、フォードの老妻とジョークを飛ばしながら一週間も傍についていてやったそうだ。何と、すばらしいはなしではないか。

（一九八七年三月二十六日号）

❖カルメンの悲劇

谷底のような、暗い小さなステージに砂を敷きつめ、焚火を燃やし、肉食の外人男女が愛憎の葛藤を展開する。

目下、大評判のピーター・ブルック演出の〔カルメンの悲劇〕は、オペラ上演の三時間を一時間半に切りつめ、仕込みが経済的につくりあげられている。私は戦前の日劇レビューで斎田愛子のカルメンを内容鮮やかな四十分で観（み）たし、むかしの商業演劇の世界で、さまざまな舞台を知っているから、P・ブルックの演出はめずらしくもないが、物価高の今日、頭のよい演出家だとおもう。

今度の〔カルメン〕は最前列で観るにかぎる。砂埃（すなぼこり）を浴び、焚火のけむりを嗅ぎつつ、眼前に土俗の濃厚なにおいを味わうのは、一興だった。

M・コンスタンがアレンジした巧妙な音楽効果にたすけられ、ラストにはエスカミーリヨが牛の角に突き殺されるというショック・シーンを用意したブルックだが、その後の幕切れが、うまくしまらなかった。

私ならホセのナイフがカルメンを刺した後で、エスカミーリヨの死を見せるだろう。

俳優（歌手）は、いずれもよくブルックの演出にこたえ、小編成のオーケストラの打楽器を担当する小柄な女性が大活躍だった。

いかにも勝手が悪い高級志向の銀座セゾン劇場。薄っぺらなプログラムが千五百円で、だれも買わない。公園の野外劇場のような客席から外へ出るにも、コートをあずけるにも、手洗いに行くのも一苦労だ。勘ちがいをして出来の悪い当今のフランス料理そのものである。近年の日本の劇場建築はいずれも失敗しているが、セゾン劇場もその例に洩れない。

結局、この新しいアレンジ版カルメンに、百年後も燦然（さんぜん）として輝いているのは、ジョルジュ・ビゼーの音楽である。

先ごろ、フランチェスコ・ロージ監督が全曲を映像化した〔カルメン〕を観て、その豊潤さに酔い、すぐさまビデオを買いもとめた友人に「このステージがビデオになったら買うかい？」と訊いたら「一度観れば、それでいい」とのことだった。

（一九八七年四月二日号）

❖ジョージの恋人

近年はブロードウェイのミュージカルが、つぎつぎに東京で紹介されるようになったが、今度は〔ジョージの恋人〕が鳳蘭と草刈正雄の主役によって上演された。両人とも、しきりにS・ソンドハイムの歌曲について「むずかしい、むずかしい」と、いっているが、舞台を観(み)ると、高級志向、オペラ志向の曲はメロディもリズムも、現代の単調、単一な文化と生活をあたかも表徴しているかのごとく、つまらなかった。

ニューヨークの知性派人種は、これを大人(おとな)の知的なミュージカルとして拍手を送ったのだろう。なればこ

そ、ソンドハイムは脚本のＪ・ラパインと共に〈ピュリッツァー賞〉を得た。

　むろんのことに、ブロードウェイの舞台と東京で日本人が演じる舞台とでは、相応のちがいがあるだろうが、音楽は音楽である。このミュージカルの音楽は、発想も感情も単調で観客の心へとどかない。したがって観客は、白けた拍手を散漫に送るのみだった。しかし、フランスの新印象派の画家ジョルジュ・スーラと恋人のドットを描いた脚本はよく、スーラの有名な絵画を活かした装置も面白かったが、鳳と草刈をのぞく俳優たちの貧弱さは興を殺ぐ。

　鳳蘭は、なるほど至難だが、まことにつまらない曲を唄いこなしている。宝塚出身のキャリアというものは実に大したものだと、あらためて感じ入った。また草刈は、まさに悪戦苦闘の体だったが、その声音のよさ、豊富さや、鳳とならんで見劣りしない容姿で、外国製ミュージカルの新しいスタアになれる可能性が充分にある。

　現代は、どの分野においても〈芸〉と〈術〉は凋落の一途をたどるのみで、場ちがいの高級志向がもてはやされるか、または低俗に落ちるかという時代になった。芸と術とが真の輝きをもっていたのは、ほかならぬスーラが生きていた時代から二十世紀のはじめまでで、以後は凋落の速度を早めつつ、今日に至ったのである。


（一九八七年四月九日号）

❖九紫火星

尾上辰之助の急死を知り、茫然となった。

私の若い友人で、文藝春秋の菊池夏樹君は辰之助と同窓の親しい間柄だ。

その菊池君が去年、辰之助の大病に、心を痛めていることを私に語ったとき、私はこういった。

「辰之助君は、ぼくの芝居にも一、二度出たことがあるし、だからいうのだが、九星(きゅうせい)でいうと、彼は四年前から衰運に入り、来年（つまり今年の昭和六十二年）は衰極(すいきょく)といって、どん底になる。そのつぎの年からは盛運に向うのだから、くれぐれも気をつけないとね」

「舞台へ出るというのですが、大丈夫でしょうか？」

「もってのほかだと、ぼくはおもう。来年一杯は、台風の中で傘をさしているような気持ちになり、徹底的に病気を癒してしまわないといけない。ぼくがそういっていたといってもいい。電話でもいいから、彼につたえてあげたらどうだい」

「そうします」

辰之助と同じ九紫火星(きゅうしかせい)の星をもつ菊池君も去年は入院、退院の連続だった。私の母も九紫で、去年に急死してしまったし、私の知るかぎりの九紫の人たちには大なり小なり、心身の苦痛がおよんでいたのである。

ところが今年になって、辰之助は国立劇場へ出演し、歌舞伎十八番の〔毛抜〕を演じた。その舞台を観た私は、彼の復活のあざやかさに瞠目した。役者ぶりが一まわりも二まわりも大きくなり、歌舞伎の精気がみなぎっていた。

（これなら、大丈夫だろう）

と、おもい、人にもはなしていた矢先の急死だった。

九紫の星は、俳優にとって、打ってつけの星だ。それだけに今度の急死を惜しむ気持ちが強く、その夜は眠れなかった。今年は四緑木星の年だ。四緑の人は盛運の頂点に立つ。その勢いのままに無謀のふるまいをしかねない。それは、来年から始まる衰運に必ずツケがまわって来るから、くれぐれも気をつけることだ。

（一九八七年四月三十日号）

❖元禄忠臣蔵

日本は去年から忠臣蔵ブームで、モーリス・ベジャールも歌舞伎の〈仮名手本忠臣蔵〉をバレエにして上演したほどだ。今年は春の歌舞伎座で、真山青果の〈元禄忠臣蔵〉が略通しで上演されたが、これまた客の入りはよいそうな。

故真山青果が大劇作家であることに、いささかも否やはないが、青果の強靭執拗な理屈、役者泣かせの長広舌(これを、むしろ、よろこぶ役者が多い)を、演技において消化しきれる役者は、現代においても五指に足らない。この芝居が、二代目・市川左團次のために書き下された昭和初期には、当の左團次をはじめ、いかなる長広舌にも屈せぬ役者がそろっていて、

年少だった私も、セリフがきこえなかったおぼえは一度もなかった。セリフがきこえないのは演技以前のことである。

たとえば中村吉右衛門の大石内蔵助は、立派に内蔵助になりきっているが、セリフの半分はきこえず、演技のクライマックスになると突然、大声を張りあげる。近ごろ、吉右衛門の歌舞伎狂言以外のセリフまわしにも、私は疑問をおぼえる。孝夫も長いセリフに気を急(せ)かれて早口になり、またはリアルに演技しようとしてセリフがきこえなくなる。

私が観(み)た昼ノ部で、一言一句のすべてが、自分の耳へとどいたのは中村富十郎ひとりだった。

それにしても、いま、この芝居を観ると、あまりにも男どもが泣きすぎる。号泣(ごうきゅう)、涕泣(ていきゅう)、欷泣(ききゅう)、錯綜(さくそう)して、いささかうるさい。あの元禄事件が起った時期は、大きく時代が変りつつあったときで、現代は更に大きく時代が変ろうとしている。青果の、この芝居にも整理と改訂が必要ではないのか。

役者たちは戯曲を忠実に演じ、ト書の指定どおりに泣き、笑っているのは結構だが、何としてもセリフが通らなくては仕方がない。いまや歌舞伎座の大舞台は、この芝居に適切ではないのかも知れぬ。

(一九八七年五月七日号)

❖ジュリオの当惑

学生時代に新左翼主義者だった青年ジュリオが神父となり、離島へ赴任(ふにん)し、その島の平和な生活に心を洗われ、数年後、生まれ故郷の大都会ローマへ帰って来る。

ローマも変っていた。家族も、友人たちも変ってい、父は若い愛人のもとへ走り、強気の妹は妊娠中絶をはかり、友人たちも、それぞれ、おもいもかけぬ変貌をとげている。殺伐(さつばつ)なローマでは、神父のジュリオまで不当な暴行を受ける始末だ。

青年神父ジュリオの当惑(とまどい)は、増大するばかりである。ジュリオとて、イタリア男らしい激情と怒りのもちぬしなのだが、神に仕える職責ゆえに耐える。耐えに耐える。

昔は職責のみならず、人と人との〔愛〕によって、何事にも耐えることができたのに、愛も忍耐も忘れてしまった現代の生活は、ジュリオを取り巻く人びとを無謀、無知の世界へ奔走せしめる。

ジュリオの苦悩が深くなるにつれ、観(み)る者に苦笑、哄笑、微笑が生じるのは、この映画をつくったナンニ・モレッティ(原作・脚本・監督・主演)の、人間に対する愛情の眼があるからだ。

三十三歳のモレッティの才能とユーモアは実にすばらしく、わかりやすく、おもしろい映画だが、観客の感覚が洗練していればいるほど、味わいが深くなる。モレッティは俳優

としてもすぐれているが、監督としての彼は、本格の映画演出ができる稀有(けう)の作家である。

ジュリオは、子供たちにあたえる果実ひとつにも季節が消えてしまった現代をなげいて、

「いまは、いつでも何でもある。けれど、子供に思い出がなくなってしまった」

と、哀(かな)しげに、つぶやく。

思い出をもたぬ人間の不幸を、現代人は不幸とおもわぬ。国の歴史があるように、一個の人間にも〔歴史〕があることを思わぬ時代となった。歴史は人の世界の変遷だ。

この映画は一個の人間の歴史、その大切さを感じさせる佳品だとおもう。

（一九八七年五月二十一日号）

❖平井澄子の会

たとえば、私は長唄〔吾妻八景〕の、いくつもある三味線の間の手を聴いていると、年少のころに、この目で見ている大川（隅田川）のありさまや、暗い川面や、月の光がみちわたった川面に行き交う舟などの情景が、彷彿として脳裡に浮かびあがってくる。むかし、自分が習った曲、三味線だけに尚更なのかも知れないが、当時、二十前の男の私が長唄の稽古をすることは少しも不自然ではなく、親たちの代には当然の教養だったのである。

先般、邦楽の泰斗であられる平井澄子さんの会へ行き、富本の〔全盛操花車〕という珍しい曲を聴き、タイム・トンネルを抜けて〔江戸〕の世界へ舞いもどっ

た想いがした。ことに長い木遣(きや)りの部分で、二人の三味線（清元・梅喜代美と杉浦聡）が楽器を前に置いて、いかにも物静かに「ヨーイ、ヨイ」と口で入れる間の手をバックに、平井さんが一気に唄いあげるとき、われにもなく血が騒いで、どうしようもなかった。これこそ、真の〔粋(いき)〕というもので、その味がわからぬものにとっては粋も江戸も無縁なのだ。つつましく、気品があっての心意気が粋なのであって、七十をこえた平井さんの謙虚な人柄と実力の底に潜むエネルギーもまた、粋なのである。

当夜、平井さんは〔竹生島(ちくぶじま)〕と〔若菜〕の箏曲(そうきょく)に、みずから作曲をした〔北原白秋詩による小品〕三曲を演奏された。三味線による端唄(はうた)ふうの〔千羽雀〕もよかったが、琴による浜唄(はまうた)ふうの〔かはい男と……〕は、砂浜に寄せる波の音がきこえるような、絶妙の作曲だった。

世界諸国の音楽は、それぞれに民族の歴史と生活をあらわし、それぞれの異なる情景を表現する。わが国も、邦楽の伝統を生かして、子供たちの唱歌がつくられ、種々の歌謡曲や民謡が生まれた。

現代の日本は、その大半が滅びつつあるとおもっていたが、当夜の平井さんを囲む大勢の男女ファンを見て、まことに心強くおもった。

（一九八七年六月十一日号）

❖タンゴ・アルゼンチーノ

ディスコでゴーゴーを踊っても、心の波長は通わぬが、本能と肉体の波長は辛うじて通う。人の心と心が通い合わなくなり、男と女の愛が消えかかる、そうした時代にタンゴが流行するという。ほんとうだろうか……。

私が年少のころ、ドイツ・タンゴの〔碧空〕が、東京の若者たちのセンチメントを掻き立てた。そのうちに、わけもわからぬ戦雲がひろがりはじめ、太平洋戦争は目前にせまっていたのだった。やがて、恋も愛も激動の時代に踏み拉かれてしまうことになる。

そんな思いに、とらわれるともなくとらわれながら、来日した〔タンゴ・アルゼンチーノ〕の公演を観た。男女のタンゴ・ダンサーのポマードと香水の匂いが暗い客席にまでただよい、女の白い脚が情念を語りかける。むかし、私たちが親しんできたコンチネンタル・タンゴとはちがう、土俗の体臭が濃いアルゼンチン・タンゴだ。ステージのダンサーもバンドネオンも中年から初老にさしかかった男女が多く、中でも四十余年もタンゴ・ダンサーをしているヴィルラゾが初老の肥体を悠揚とさばきつつ、妻エルディラの激しいダンスの相手をつとめる様は実に見事だった。長年、踊りぬいてくると、タンゴも、このように踊れるのだろう。ブエノスアイレスの公園で、老いたカップルがタンゴをたのしんでいるというのも、うなずける。

素朴なステージに好感がもてたけれども、例によって、ロビーで売る看板のように大きく厚い、二千円の大仰なプログラムには毎度のことながら頭に来る。関係企業の社長の顔や記事なぞ見たくもない。薄い雑誌か、二、三枚の印刷物で充分なのだ。それでこそ、このステージにふさわしい。

鑑賞のために買いはしたが、後始末に困る。大きいばかりで下手な油絵を義理で買わされ、高価ゆえ捨てるのも勿体なく、置き場所に困惑するのと同じことだ。

（一九八七年七月九日号）

❖フレッド・アステア

六月の二十二日に、フレッド・アステアが世を去った。

アステアは、気学でいうと一白水星の星で、今年の春から何度目かの盛運がめぐってきていたわけだが、しかし、この人は生涯、ダンス一筋に生きぬくために、厳しい節制を自分に課して、ついに功成り名遂げ、世界的に知られたダンサー、映画俳優となり、八十八歳の長寿をたもって他界したのだから、気学の星については問題にしなくともよいだろう。

戦前、アステアがジンジャー・ロジャースという好パートナーを得て、スクリーンに展開したダンスの妙技

は、私どもを陶酔させずにはおかなかった。太平洋戦争の戦雲が頭上にひろがりつつあっただけに、史上最高のダンス・ティームといわれたアステアとロジャースの映画は、尚更に、束の間の夢のすばらしさをあたえてくれたのだった。アステアは数多くのパートナーのうちでも、G・ロジャースだけは、別格あつかいにしていた。

戦時中に引退したアステアは、戦後、強引な要請を受けてカムバックした。それが、ジュディ・ガーランドと共演した〔イースター・パレード〕である。ときにアステアは四十九歳だったが、人気は鰻登りに上昇した。つぎからつぎへ、若いパートナーを相手に、アステアはミュージカルの秀作を生んだ。

私が瞠目したのは、潑剌たる若さがみなぎる女優、ダンサーを相手にして、五十をすぎたアステアのダンスが、戦前の彼には見られなかった強靭さを見せはじめたことだった。アステアは、わずか五歳のときにダンス学校へ入ったが、二年後には、早くも姉アデールと組んで、全米を巡演している。

アステアのダンスは、他人のまねごとではなく、すべてが〔独創〕だった。なればこそ、七十歳まで踊りつづけることができたのだ。アステアのタップ・ダンスは、音を聴いているだけで、音楽を表現し、踊るアステアの姿を、まざまざと見るおもいにさせる。だれにもまねができなかった。

（一九八七年七月十六日号）

❖ギャルソン

アレックスは、パリの料理店の給仕主任(チーフ)をつとめている初老の独身男だ。安価で、よく流行(はや)っている料理店の、時分どきの調理場は、まるで戦場のようなさわぎとなる。

その調理場（裏）と客席（表）との間を行ったり来たりしながら、アレックスに扮したイヴ・モンタンが、水を得た魚のように、生き生きとした演技を見せる。むかしは、フランス映画の新鋭として鳴らしたクロード・ソーテ監督も、四年前に、この〔ギャルソン〕をつくったときは五十九歳になっていたが、今度も例によって中年以上の日本人を堪能(たんのう)させる映画に仕あげてくれた。モンタンはソーテの映画に出ると、いつもよい。アレックスは、若いころに芸人（ダンサー）暮しをしていたことが、さりげない仕ぐさに偲(しの)ばれ、初老の男のペーソスが、たまらなくよかった。当時六十をこえたばかりのモンタン、円熟の役者ぶりである。

海岸のリゾートに子供たちの遊園地をつくり、そこで小さな料理店を経営することが、アレックスの夢だ。この夢あればこそ、彼は多忙や疲労を物ともせず、あくまでも明るく、はたらきつづける。このところ、重苦しく退屈な映画か、黴(かび)くさくなってしまったSF、バイオレンス、オカルトのようなものばかり観(み)ていた所為(せい)か、クロード・ソーテとイヴ・モンタンには胸がすいた。

アレックスが弟のように面倒を見てやっているジルベール（同僚のギャルソンで、ジャック・ヴィルレが演じる）や、シェフに扮したベルナール・フレッソン、ニコラス・ヴォゲルなど役者もそろって、拈りのきいた男たちの友情を見事に描出する。彼らは一日一日に生き甲斐を感じながら生きている。

それにしても、この映画が四年もたってから日本で封切られるのは、ふしぎでならない。むかしのフランス映画は、みんな〔ギャルソン〕のような映画だった。世の中は変ったのだろうが、人間のありようは依然、変らないのだ。変ったとおもうのは錯覚にすぎない。

（一九八七年七月二十三日号）

❖ラジオ・デイズ

ウッディ・アレンは、新作の〔ラジオ・デイズ〕に出演をせず、脚本・監督を担当したのみだが、今度もまた、彼は私たちの期待を裏切らなかった。

第二次世界大戦直前のニューヨーク市クイーン区の町に住む一家族とラジオの関係は、現代のテレビ、ビデオなどを自由に享受できる世代に、よくわからないだろう。ラジオは、家庭と、さまざまな下界(げかい)とを音と声で結ぶ唯一の媒体だった。

この映画の一家族も、ラジオから流れ出る音楽、ドラマなどに夢を托(たく)し、それが無上の生き甲斐となっている。何しろ、ニューヨークのサラリーマンが、フレッド・アステアのタップ・ダンスの音を聴

くために、その放送がある日は酒場へも寄らず、会社から一直線に帰宅したという時代である。

日本でも或程度は同じだったが、官憲の目が光っていたから、アメリカの音楽は次第に姿を消し、ダンス・ホールも閉鎖され、アメリカ製ポップスやジャズがラジオで聴けるようになったのは、戦後からだ。

「戦争中に、向うでは、こんな音楽を聴いてたのか」

戦前、すでにジャズの魅力に取りつかれていた連中は、びっくりした。そのころ〔ニューパシフィック・アワー〕という番組があり、その時間になると、私たちは目の色を変えてラジオにしがみつき、〔イン・ザ・ムード〕や〔ユー・アンド・アイ〕など、バターとアイスクリームの香りがする音楽に恍惚となった。家へ帰る時間がなくて、焼跡の氷屋へ飛び込み、夢中で聴くこともあった。氷屋の屋根ごしに富士山が見えた時代なのだ。歌手は日向好子（ひゅうがよしこ）（石井好子）で、これからが私たちの〔ラジオ・デイズ〕になったのだ。

音楽のみでなく、聴取者の想像力を無限に掻（か）きたてる番組が次々に生まれ、私も、やがてラジオ・ドラマを書くようになった。

みんな貧しかったが〔ラジオ・デイズ〕の時代には、それぞれに夢がもてたのである。

（一九八七年八月六日号）

❖フラワーズ

リンゼイ・ケンプ・カンパニーの第二回来日公演で〔フラワーズ〕を観た。

先ず、闇の中の牢獄における囚人の男たちの激しい自瀆行為のシーンに度胆を抜かれる。ついで娼婦、男娼、女衒などがパリのカフェに登場する。まさに原作(ジャン・ジュネの「花のノートルダム」)の世界だ。

リンゼイ・ケンプは、女装の男ディヴィーヌに扮する。いわば西洋の女形だが、女を演じるのではなく、ホモを演じ、踊る。

歌舞伎の女形は、衣裳に助けられて〔女〕を演じるが、ケンプは中年の裸体に白粉を塗りこめ、衣裳をかなぐり捨ててしまう。そのナルシシズムともいうべき黙示の表現は、相当なものだ。文字通りエロ、グロ、ナンセンスのステージが下劣に落ちる一歩手前で食いとめられ、一種の妖美を感じさせるステージにして見せたのは、ケンプの演出と、彼自身の演技だろう。

日本の歌舞伎と能の演出と間が、これほど西洋人のステージに生きていようとはおもわなかった。ケンプは、よほど、歌舞伎と能に傾倒し、深く研究したらしい。

プログラム(千円)を買うと、コンパクトにできているのはよいが、これは外国公演用のもので、内容は、すべて英語だ。そこで日本公演用の、物々しくて読みにくいプログラム

（二千円）を、さらに買わざるを得ない。実にバカバカしい。観客をなめきっている。外国用のものに、日本公演用の内容を印刷したものをはさみこめば、それでよいのだ。

　アンコールになると、大小のプログラムに写真集を抱えた若い女たちが、舞台へ駆け寄って花束を差し出す。これだから、外人の日本公演は、こたえられないのだ。

　ケンプのステージと、一部の観客の毒気にあてられ、外へ出ると雨が降っていて蒸し暑い。そこでコーヒー・パーラーへ入り、冷たいジュースをのんだら、同行の友人から借りた傘を置き忘れて来てしまった。

（一九八七年九月三日号）

❖竹取物語

竹の節（ふし）の中から生まれた〔かぐや姫〕が、貴族たちや帝（みかど）の求愛をしりぞけ、十五夜の満月の夜に、月の世界へ帰って行くという、平安朝・浪漫の物語（作者不詳・九世紀末の成立）は、私どもが幼少のころから、耳に聞き、眼に読んだものだ。現代の子供たちが、この伝奇物語を、どう受けとめているか、それは知らない。

現代は、月の世界へ人間が行く時代である。人間の月へ対するイメージも、がらりと変ってしまったわけだが、東宝とフジテレビは、ベテラン監督の市川崑を起用して、この古い古い物語を映像化した。月へ帰るかぐや姫を宇宙船が迎えに来るのだと聞いた私の友人のひとりは「ああ、市川さんが竹取物語で宇宙

船を出すのか。ぼくは反対だなあ」と嘆じたが、私も不安だった。映画界において、宇宙と地球のテーマ、バイオレンス、オカルトとホラーは、いまや流行の盛りを過ぎ、黴が生えかかっているからだ。

だが、仕あがりは、さすがに市川崑作品らしく、先ず、平安のころの帝から庶民にいたる風俗・生活が、スタッフの見事な協力を得て、ビビッドに映像化され、市川作品の例にもれず、俳優たちのセリフが明晰である。この映画は、今年の〔東京国際映画祭〕に出品されるが、外国人の評価は高いとおもう。それほどに、千年もむかしの日本の姿が入念に、しかも美しく活写されていた。

さて、いよいよクライマックスとなり、スピルバーグの〔未知との遭遇〕や〔E・T・〕にあらわれ、私たちを瞠目せしめた宇宙船に劣らぬ、華麗な宇宙船が夜空にあらわれる。

ここに至って、それまでの興趣は、幻滅に変った。

日本映画の技術の高さ、そのすばらしさはさておき、この宇宙船と竹取物語は、どうもマッチしない。宇宙船をつかうにしても、市川監督ならば、もっと別の出し方があったのではないか……。

夜の闇の神秘、月や星に対する詩情、宇宙への畏怖を失ってしまった現代人へ、この映画は、どのようにアピールするだろうか。興味のふかいことではある。

（一九八七年十月一日号）

❖或日の観劇

新橋演舞場は、片岡孝夫、坂東玉三郎共演の〔玄宗と楊貴妃〕上演で、連日、大入満員の盛況である。

孝夫の玄宗皇帝も、玉三郎の楊貴妃も、それらしく見えはするが、脚本が大劇場のものとして、いかにも弱い。単調だ。

五、六枚の暗褐色の大扉を開閉して場面を転換し、中国の皇帝・玄宗が楊玉環(後の貴妃)を寵姫とするところから、安禄山の反乱が起って、楊貴妃が殺害されるクライマックスまで、延々四時間、退屈きわまる舞台を観た。

二人の新人脚本家のデビューは、大劇場・脚本家が少くなる一方の今日、大いによろこぶべきだが、主役二人をはじめとして、登場人物の表側はどうにか描けていても、裏側が描けていない。

このため、ドラマにならないのだ。

人間は、いくつもの顔と心をもつ生きものであるが、その一面だけを擦り、心理も葛藤もセリフだけの説明ですませてしまうから、全くもりあがらない。辛うじて、山本圭が演じる高力士が、明晰なセリフまわしで生彩をはなつ。安禄山は、おもしろい人物なのだが、ただもう、怒鳴っているばかりだった。

となれば、玉三郎が中国へおもむき、京劇のスター梅葆玖に指導を受けたという京劇「貴妃酔酒」の一場面のみに、興味をおぼえたといってもよい。クライマックスとなって、貴妃が絞殺され、玄宗は悲嘆にくれるわけだが、ドラマは、ここで、もう終りなのだ。その後で、孝夫と玉三郎のために「蓬萊山・仙宮」の一場があり、退屈は、さらに幻滅となる。しかし、満員の観客（大半は女性）は、シーンとなって観ていてくれるのだから、役者も興行者も、こたえられまい。

廊下に出ると、中年の婦人が、

「男便所のほうが空いてるよ。こっちへ入ろうよ」

叫びながら、仲間たちと共に男のトイレへ駆け込むありさまなど、いまは、もう珍しくも何ともない情景になってしまった。

（一九八七年十月十五日号）

❖勧進帳

ワクワクするような気分で、芝居の初日を待ったのは何年ぶりのことだろう。

それというのも、この「ル・パスタン」で中村富十郎の〈勧進帳〉を観(み)たいと書いたのは、今年の二月のことだったが、このように早く、実現しようとはおもわなかったからだ。

歌舞伎十八番の〈勧進帳〉は、作はもとより、音楽〈長唄〉、振付、ともに何人もの名人によって洗いあげられ、歌舞伎屈指の名作となったのである。

主役の武蔵坊弁慶(むさしぼうべんけい)は、先ず風貌がそれらしく見えなくてはならない。

演技はもとより、舞踊に練達していなくてはならぬ。さらに、この役は、抜群の体力と気力を必要とする。富十郎は、そのすべてを兼ねそなえている俳優だ。

富十郎が東京で八年前に演じた弁慶にくらべると、前半は、諸々の調子を抑えていることが、あきらかに看て取れた。五十をこえた富十郎に八年前の強い調子を、はじめからもとめてはいなかったし、富十郎も、息つく間もない長丁場を体力・気力の上で、どのようにバランスをとるか、そのことに最も苦心をしたにちがいない。

低く抑えた声音は、緩急自在なセリフまわしにより、却って重味を増した。

それが、しだいにちからを解き放って行く舞台には円熟の趣さえ感じられ、八年前の弁慶を、はるかに超えるといってよい。そして延年の舞（長唄・鳴り物の、すぐれた演奏）あたりから、ためにためたちからが迸る。観終って、私は激しい疲労を覚えた。知らず知らず気を入れて観た所為だろう。つまらない舞台を観ての疲労とはちがう。快い疲労だった。

富十郎は今度の弁慶で、私が知らぬ型をみせるというので、それを見逃すまいと緊張していたから、尚更に疲れたのだろう。

この弁慶は、あと二回ほど観るつもりだが、そのときは気を楽にして観たいものだとおもっている。

（一九八七年十月二十九日号）

サイレント・ボイス

リトル・リーグの天才ピッチャーといわれたチャック少年は、或日、ミサイル基地で見た核兵器の恐ろしさを知ったとき、自分にとって最も大切な野球を絶ち、沈黙の中へ閉じこもってしまう。この事実を新聞で知ったプロのバスケット黒人スーパー・スター選手アメイジングも、栄光のキャリアとバスケットを捨てて、チャックに共鳴する。

この波紋は全世界にひろがり、世界中の子供たちが、チャックのように沈黙し、無言の声をもって核の全面撤廃敢行を主張する。

そして、ついに米ソ首脳が全面撤廃への同意書に調印する。これは全く実現性のないことで、ファンタジーにすぎないという人もいるだろうが、私は、すばらしいファンタジーだとおもう。

最近の新聞は、ネバダの地下深く設けられた核実験による放射能が二十数年にわたって漏(も)れつづけており、その量は、広島型原爆の八十個分に相当し、かのチェルノブイリ原発事故に近い量であることを報じている。

こうして、地球上に充満する汚染物質は、水や食物、さらに人体に入り込み、歳月がすすむのと歩調を合わせ、その影響は恐るべきものとなる。こんなことは、現代人の常識だが、常識となってしまったがゆえに、恐怖も不安も麻痺(まひ)してしまった。

石油対策として、原子炉を増設してやまぬ現代文明に巻き込まれてしまった人間は途方にくれている。スペインのバルセロナでは、大気汚染が深刻化し、この夏には八十人が倒れ（二名死亡）た。

こうした世の中になったのだから、核の全面撤廃などは、全くの幻想にすぎないという人もいるだろうが、故ケネディ大統領は、R・カーソン女史の『沈黙の春』を読み「この本に刺激され、政府は殺虫剤問題の研究をはじめた」と、語っている。

この映画は、現実感がある演出と、俳優たちの演技の存在感によって、単なるファンタジーではない何物かを打ち出し得た。

（一九八七年十一月五日号）

❖ロビンソナーダ

一九二〇年ごろのグルジアの山村へ、イギリスの電信公社から、ひとりの電信技師が赴任(ふにん)して来る。毎日、電柱を点検して歩くのが、彼の仕事で、その名をクリストファーという。

ヨーロッパとグルジアとの間に、こうした交流があったことを、私は少しも知らなかった。というよりも関心がなかった。コーカサス山地の、私たちから見れば、いかにも物寂(ものさび)しげな風物の中に、クリストファーとグルジアの少女アンナの愛が生まれ、育(はぐく)まれて行き、破滅するありさまを、女流監督ナナ・ジョルジャーゼはリアリスティックな演出で、一切のムダをはぶき、淡々と簡明にストーリー

を展開する。それだけに、却って感銘が深いのである。

そこに、ユーモアと微笑が期せずして生まれる。上映時間は一時間十三分。同時上映の掌篇〔ソポトへの旅〕が、わずか二十八分。これもいい。列車の中でヌード写真を売る二人の男が醸(かも)し出すペーソスが何ともいえなかった。近年、世界の舞台に顔を見せるようになったグルジア映画が、これほどのちからをそなえているとはおもわなかった。

さて……。そのうちに、例の赤色革命が起り、その波紋はグルジアの山村にも及ぶ。電信公社は技師たちに引きあげを命じるが、どうしてかクリストファーのもとには届かない。そこで彼は国際電信条約によって英国領と定められた、電柱の半径三メートル以内にテントを張って立てこもり、かのロビンソン・クルーソーそのままの生活をはじめる。

このイギリス人の融通がきかない頑固さと、にわかの革命騒ぎに戸惑い、昂奮(こうふん)する山村の指導者たちとの間に生まれるブラック・ユーモアと、心の交流こそ見ものであって、人間の両面性を描き、厚味がある。そして、愛もユーモアも、追放された大地主の銃弾により、呆気(あっけ)なく消滅する。

生き残った少女アンナは八十をこえた老婆となって、往事(おうじ)をかえりみる。この役は素人の老女が演じたそうだが、すばらしい存在感をしめし、生彩をはなつ。


（一九八七年十二月三日号）

❖帝都物語

東宝が正月に配給する〔帝都物語〕は、日本の首都・東京の歴史に、平将門の怨霊と、謎の魔人・加藤保憲が絡むスケールの大きなスペクタクルである。

前半は、関東大震災をクライマックスとして、渋沢栄一、幸田露伴、森鷗外、寺田寅彦から泉鏡花まで登場する。

それは、明治末期から大正にかけての風俗と共に、相当の興趣をおぼえるし、演ずる俳優たちも、いまの映画としては豪華といえよう。

そのころの東京の美観と詩情を私は知らない。我眼には見ていないが、井上安治の版画や写真、諸々の書物を通じて、わきまえてはいる。

監督・実相寺昭雄も、日本映画としてはめずらしい、巨額の製作費を得て、当時の東京のスクリーン再現に、意欲を見せた。

たとえば、江戸の名残りの色も濃い大川端の風景と、明治の洋風建築とが、渾然たる融和を見せる景観を背景にして、恐るべき魔人が小舟に乗り、運河を抜けて行くショットなど、ためいきが出るほどに詩情をおぼえる（美術は木村威夫と池谷仙克）。

前半は、魔人と闘う陰陽師・平井保昌（平幹二朗好演）や、すばらしいマスクを久しぶりで見せる勝新太郎の渋沢栄一などによって、ドラマは俄然、もりあがる。

だが関東大震災によって崩壊した東京が復興し、オープン・セットに銀座街頭が再現されると、帝都の魅力は消えてしまう。

近代文化の様相が濃くなり、地下鉄工事がはじまると、登場人物も安っぽくなってきて、善悪のサイキック・パワーも絵空事（えそらごと）になる。

加藤魔人は、最後まで魔力をふるいつづけるが、ドラマの背景が紙芝居じみてくれば、魔法の威力も半減する。

実のところ、あまり期待をせずに観（み）はじめたのだが、いつともなく、この映画にひきこまれたのは、かかって前半の帝都・東京の魅惑にある。この点、実相寺の演出は見事だった。

（一九八八年一月二十一日号）

❖黒い瞳

定期航路の汽船のウエイターをしている初老の男が、これまでの自分の人生をかえりみて、「私は、すべてを手に入れたとおもったが、実は何も得てはいなかった。自分が思い出すのは三つだけだ。ママが歌う子守歌と、初夜のときの妻の顔。そして、ロシアの霧だけだ」

と、つぶやくイタリア人の、この男ロマーノの顔は、泪(なみだ)で濡(ぬ)れている。

ロマーノは、湯治場で出会ったロシア女に一目惚(ひとめぼ)れをし、恋仲となる。ローマでも有名な銀行家だった妻の実家で、怠惰(たいだ)な毎日を送っていたロマーノは、帰国した女アンナを追い、革命前のロシアへわたる。

革命前のロシアは、こんなだったかと、おもわず嘆息を洩らしたほど、ロシアの風物が、た

つぷりと描かれる。難をいえば、このロシアにおける描写が少し長い。中だるみがするけれども、この映画の馥郁たる香りは、少しも損なわれない。

近く封切られる〔ラストエンペラー〕は、イタリアの監督ベルナルド・ベルトルッチの請いをいれ、現中国が協力し、すばらしい映画をつくらせたが、この〔黒い瞳〕は、ソ連の監督ニキータ・ミハルコフがイタリアへおもむいて、チェホフの原作をもとにつくりあげたものだ。時代は大きく変りつつある。

マルチェロ・マストロヤンニという大物俳優、イタリアでのロケーション、フランシス・レイの音楽など、映画をエレガンスにするための素材を得て、イタリアへ乗り込んだミハルコフ監督のよろこびがスクリーンにあふれているようなおもいがする。そして、イタリア人がつくったイタリア映画とは一味ちがう趣がスクリーンから立ちのぼってくる。

ロマーノが語り合っていた老ロシア人の客がデッキに出て、若い妻に声をかける。立ちあがって顔を見せる女こそ、アンナだ。

この映画には、まぎれもなく、男のほろ苦い人生がある。アンナのストップ・モーションで終る、その苦味は、地中海の上をすべって行く船の上でのむビールのように、こたえられない。

（一九八八年一月二十八日号）

❖宇野重吉

私の、劇作家としてのデビューは昭和二十六年夏、新橋演舞場における新国劇とおもわれているようだが、実は、その数年前に、Y新聞の懸賞で佳作に入った「雪晴れ」という脚本を、故村山知義さんが拾いあげてくれ、新協劇団が、この芝居をもって東京以外の全国を巡演した。これは、私が初めて書いた脚本で、舞台にのったのも初めてだった。

巡演が小田原へまわって来たとき、私は観に行った。花道も廻り舞台もある、古風だが、小ぢんまりとした良い劇場だったことをおぼえている。

ハネてから、村山さんが一升壜を抱えてあらわれ、みんなで私のために祝ってくれたが、当時の私は先行き、脚本を書いて行く決心はついていなかった。やがて俳優たちもあつまり、酒をのみはじめた。宇野重吉が、この芝居で、どんな役を演じてくれたのか忘れてしまったが、ボルネオから復員したばかりの宇野さんは若々しく、仲間の議論を黙って聞いているようだった。

宇野さんと私は、戦争のはなしをした。

「いま、こうして、みんなと芝居をやっているのが不思議な気がしますよ」

宇野さんは、そういった。仲間たちの議論は、白熱してきた。

新劇の俳優というものは、こんなに議論をするものかと、それが、めずらしかった。い

まにしておもえば、終戦直後のことだし、新劇の世界も、いろいろと大変だったのだろう。

そのうちに、宇野さんがコップの酒を置き、低いが鋭い口調でこういった。

「他人（ひと）(同業者)と同じことをやってたんじゃ、いつまでたっても梲（うだつ）はあがらねえよ」

みんな白（しら）けて、黙ってしまったが、宇野さんは平気な顔で、酒をのみつづけた。宇野さんは、その後も私のことをおぼえていてくれたらしく、私が直木賞を受けたとき、共通の知人に、

「あの人も、芽が出たようだね」

と、いったそうだ。

(一九八八年一月四日号)

❖スイート・スイート・ビレッジ

朝、鶏の鳴き声と共に、でぶのトラック運転手パヴェクと、のっぽの助手オチクが出勤して行く。

チェコの首都プラハに近い、或村の朝である。背は低いが、見るからに短気そうなパヴェク。ひょろ長い体躯のオチクは少し頭のはたらきが鈍い……というよりも、子供のような純真さを失っていない青年で、この二人の性格が醸し出すユーモアは、冒頭から、絶え間もなく、観る者に微笑をさそわずにはおかない。

オチクは何度も失敗を重ね、たよりにしているパヴェクにも愛想をつかされてしまう。

折も折、何者かが、亡き両親からゆずられたオチクの家を乗っ取ろうと画策しはじめる。

オチクはプラハへ体よく追いはらわれかける。

チェコの国情はさておき、この一小村に住むドクトル、獣医学生、集団農場の村長、墓地の石工、運転手トゥレク夫婦など、いずれも生き生きと描きつくされ、そのたのしさは、戦前の東京・下町の生活を彷彿とさせる。

この映画の主題は、どのようにも暗くすることができるだろうが、暗さと明るさは紙一重であって、陰惨を、哄笑と微笑に変え、スイートな映画に仕たてあげたのは、監督イジー・メンツェルの人柄と才能だろう。出演俳優は見事にメンツェルの演出にこたえている。

そして、人間というものが、どんなに矛盾だらけな生きものかを、メンツェル監督は、よくわきまえている。

その矛盾が現実と打（ぶ）つかって、笑いを生むのだ。

国情の如何（いかん）にかかわらず、人間の本質は変らない。チェコの人たちは、よほどに勘のはたらきが鋭敏なのだろう。この映画には、いささかの理屈もなく、むかしの、すぐれた日本映画のような、なつかしい味わいがする。この映画がもつ、優しさはすばらしかった。

見終って、少し、寿命が延びたような気さえした。

（一九八八年三月十日号）

❖フルメタル・ジャケット

一九六七年、南カロライナ・パリス島で、ベトナムの戦地へ送られる新兵の訓練が、巻頭から四十分にわたって描写される。

私も海軍で、新兵の訓練を受けたことがあり、そのときは地獄だとおもい、

（まるで、こりゃあ監獄だ）

と、おもいもしたが、とても、くらべものにならない凄さだ。

猥褻な言葉と怒声、罵詈と侮辱の限りをつくす、鬼のようなハートマン教官（元教官のリー・アーメイの強烈な演技）の訓練によって、ナイーブな若者の性格もプライドも、一片だに残さず剝ぎ奪られ、新兵たちは、しだいに一個の〔殺人マシーン〕化して行く経過が、スタンリー・キューブリック監督によって適確に描かれて行く。おもわず、息を吞む迫力だ。

ベトナムの戦場がスクリーンにあらわれるよりも、戦場の烈しさ、苛酷の様相が、この訓練の演出によって、まざまざと浮かびあがる。この四十分により、完全主義者キューブリックの意図は明白である。

この苛烈な訓練に、心身がなんとしても応じきれなくなった肥満体の新兵(デブとよばれる)が、ついに錯乱し、教官射殺、自決というクライマックスを迎え、新兵たちは、いよいよベトナムの戦場へ向う。

訓練により、心を破壊された彼らの、戦場における姿に、キューブリックは人類の一員として、映画芸術家の一人として贖罪の祈りをこめる。映画のスケールが大きく、深くなったわけだ。

前記の肥満新兵も、あわれの極みだが、戦争の狂気はアメリカのみを巻き込んだのではない。

何人ものアメリカ兵を撃ち殺したベトナムの女狙撃兵は、まだ十五、六歳の少女にすぎない。

発見された少女は、米兵に撃ち倒され、苦しみにもがきつつ「私を、撃って……」と、米兵たちによびかける。この少女にも贖罪の姿を看た。彼女にトドメの一発を撃つのは、この映画の主人公ジョーカー二等兵(マシュー・モディーン好演)である。

(一九八八年三月十七日号)

❖美男三人

いままでに、何人かの美男子を見たが、その中の三人だけは、いまも心に残っている。

二人は歌舞伎俳優で、見かけたときは、二人とも素顔だった。

一は十五代目・市村羽左衛門、一は二代目・市川左團次である。戦前のそのころ、私は少年から青年になりかけていたときだ。

左團次を見かけたのは銀座の街頭で、左團次は、こまかい柄の、上等の久留米絣を対で着て、茶の博多帯、白革緒の細身の下駄をはいて、ゆっくりと歩いて来た。そのときの驚嘆は、とても私の筆ではあらわせない。

歌舞伎役者ともおもえず、強いていえば実業家か、学者のような……といっても、それにしては、あまりにも灰汁抜けをしている男らしい風貌に、

「おい、見たか。いいなぁ、高島屋は」

「すばらしいね」

連れの友人と共に、うっとりとして見送った。

羽左衛門は、はじめ、日本橋・三越の特別食堂のクロークで電話をかけているところを見た。そのとき、

「何々の、あれをこうしてくれ。忘れてはいけねえぜ」

などといっている口調が、舞台そのままの歯切れのよさで、着ている洋服が舞台衣裳のようにぴたりと身につき、颯爽たるものだった。羽左衛門には、その後、二度ほど出合っているが、そのことは何度も書いたから、今回は略すことにする。これは洋服を着ていても、まぎれもない歌舞伎役者だった。

さて、残る一人は私どもの大先輩、志賀直哉さんである。これは戦後のことだ。

渋谷のハチ公銅像のあたりで、向うからやって来る志賀さんの老いた美男ぶりに瞠目した。

いま、岩波書店発行の『図書』に、阿川弘之さんが、志賀さんの一代記を連載している。三月号は、志賀さんが吉原の遊女に、いかにもてたかという件だが、あの老美男子が若かったときだから、女たちが捨ててはおかなかったろう。

（一九八八年四月二十一日号）

❖殺陣師・宮本曠二朗

去年の秋、ついに解散した新国劇のファンだった人なら、宮本曠二朗の名を忘れはすまい。新国劇の名殺陣師であり、ベテラン傍役だった彼は、劇団がつぶれる数年前から、世を捨て、姿を隠し、私がいくら探しても行方がわからなかった。

ところが、このほど、宮本さんが重病にかかり、ある病院にいることがわかったので、私は見舞いの花を贈った。あれほどに身を隠していたのだから、見舞いに足を運ぶことは避けた。手紙も花に添えなかった。

数日して、おもいがけず、他家へ嫁いでいる、宮本さんの娘さんから

手紙が来た。

その手紙の、

「先生からの、お見舞いのお花とわかりますと、じっと眺め……」

というところまで読むと、われ知らず、眼の中が熱くなってきた。長いつきあいだったから、宮本さんが、どんな人か、よくよくわきまえていたからだ。

斬り合う人物の性格まで表現する彼の殺陣は、いつも私を納得させてくれたが、その中でも、私の脚本・演出による〔清水一角〕の、吉良家附人・小林平八郎と、赤穂浪士・不破数右衛門の一騎打ちは、宮本さんの殺陣の中でも、代表的な傑作だった。宮本さんは「これだけは、他人にはできません」といい、みずから小林平八郎を演じ、相手には若手のHをえらんだ。

二人だけで、十分をこえる殺陣が、どのように苦しいものか、やったものでなくてはわからぬことだが、その鮮やかで凄烈な殺陣がおこなわれているうち、客席にジワ（感嘆のどよめき）が起りはじめた。

大阪・歌舞伎座の初日の幕が下りて、楽屋へ駈けつけ「とても、すばらしかった」私が、そういうと、鏡台の前へ汗まみれの躰を投げ出していた宮本さんは息をはずませつつ「この殺陣は、私には二度（再演の意味）とできません」と、いったことをいまも忘れない。

（一九八八年十二月一日号）

III

❖フランス料理（一）

三年前にフランスの田舎へ行ったとき、ボルドーに近いバガスという村の「シェ・ジェルメーヌ」という居酒屋（兼）飯屋を見つけて昼食をしたことがある。大勢のトラックの運転手が飲んだり食べたりしていた。肥った中年のマダムは血色のよい顔をほころばせ、威勢よくしゃべる。この店では定食しか出さないという。

見ると、テーブルの上には大きな皿が三枚重ねてあり、赤ワインが「好きなだけ飲め」といわんばかりに置いてある。先ず、マダムが大鉢の野菜スープを運んで来た。これを、われわれが前の皿へ入れて食べる。あまりの旨さに、みんながおかわりをしたほど、スープはたっぷりと鉢に入っていた。

「このスープはマダムがつくられたのか？」

尋ねると、マダムは胸を張って「ウイ」とうなずく。つぎは牛肉と人参の煮込みで、これまたすばらしく、また、おかわりをした。やわらかい肉、新鮮な野菜を惜しげもなくつかったメゾンの料理。夜にそなえ、鴨の皿はひかえておいたが、これでもう腹一杯になってしまった。好きなだけワインをのみ、コーヒーをすませ、会計は日本円に直して八百円ほどだったのには、驚嘆を通りこして啞然となった。これは一体、どういう仕組みになっているのだろうか。

フランスの田園を旅するたびに、この国の底力を見せつけられたおもいがする。全国が東京化してしまった日本にくらべると、パリと田園とは別の国のようなおもいがするフランスなのだ。

これから先は知らぬが、フランスの地方は多種多彩な形態を、いまも温存している。われわれの国も、かの東京オリンピック前までは、そうだったが、いまは何処へ行っても、せせこましく、いじましい日本になってしまった。それが、東京のフランス料理なるものに、はっきりとあらわれている。肉も野菜も魚も、面妖な流通の仕組みによって味も香りも失い、値段ばかりが暴騰の一途へ突き進んでしまった。

（一九八七年四月十六日号）

❖フランス料理（二）

東京のフランス料理店は無数にある。たとえば、その一つビストロ何とやらいう店へ入って、フォアグラのソテーを注文すると、薄い一片がものものしく大きな皿にのせられて出てくる。それだけでは、あまりにさびしいとおもうのかして、チャービルの小さな青い葉っぱが二つ三つ上にのっている。まるで女の子の〔飯事（ままごと）あそび〕だ。

パリの料理店でフォアグラを食べると、量感のあるのが二片に葡萄をたっぷりそえたソースがかけられ、値段は東京の半分か三分ノ一だった。

すべてがそうではないのだろうけれど、新しいフランス料理の大流行となり、大半の店が飯事あそびになってしまった。そして高い。高すぎる。うまいと評判だった某店では客の大半が社用族となって、いまでは黙っていると、腐ったような匂いがするワインを平気で出すという。

八年ほど前に、フランス・ロアンヌの有名な割烹旅館〔トロワグロ〕へ泊ったとき食べた料理は、先ず二種類の酒の肴（さかな）が出て、前菜は野菜のゼリー寄せ。魚はルー（地中海産の鱸（すずき））、今度は肉かとおもったら、巨大なオマールをテーブルの傍で火をつけ、フランベする。つけ合せの新鮮野菜などは別皿にたっぷりと出す。次に兎のソテーが出ると、同行の連中は手をあげてしまったが、私はすべて腹中におさめた。この日は朝から何も食べず、夕食に

そなえたのだ。デセールも三種。コーヒーにはオレンジの皮の砂糖漬がそえられているというわけで、味もよかったが、料理の雰囲気の豊饒感(ほうじょうかん)に酔わざるを得なかった。

東京で、これだけのゆたかさを出すとしたら、フランス料理のみか日本料理でも、料金はトロワグロの五倍になってしまう。

私に「ムッシュウはスポーツをなさいますか？」と尋(き)いたトロワグロ兄弟の兄・ジャンは堂々たる美丈夫だったが、テニスをしているとき、心臓発作で急死してしまった。真のフランス料理とは、当夜の、トロワグロの料理をこなす胃袋をもつ客と、それにこたえる食料品の流通、豊穣(ほうじょう)あってこそ成り立つのである。

（一九八七年四月二十三日号）

❖パリの居酒屋

この稿が本誌に掲載されるころ、私はフランスにいるだろう。

パリの旧中央市場(レ・アール)の、すぐ前で、百五十年もつづいていた〔B・O・F〕という酒場の老亭主セトル・ジャンとポーレット夫婦の安否をたしかめることが、第一の目的だ。そして、日に日に変貌(へんぼう)するパリの、旧態をとどめている二、三の場所を、変ってしまわぬうちに見てくることが第二。

ジャン老人とは、十一年前に、はじめてフランスへ行ったときに知り合ったのだが、たがいに気持ちがぴたりと合って、以来、フランスへ行くたびに旧交をあたためてきた。

もしも、あと数年、私が健康でいられたなら、ジャン夫婦のことを小説にするつもりだが、小説と随筆をまぜ合わせたような、これまでの私にはなかった小説になるだろう。すでに、私は「ドンレミイの雨」という短篇小説を書いて、セトル・ジャン夫婦を登場させている。

酒場B・O・Fは、いま、赤ペンキに塗られたハンバーガーの店に変ってしまい、ジャンは行方不明だ。

わずかな手がかりをもって、パリへ行くのだが、おそらく再会はかなうまい。

そして私は、トロワに近いエソワという村へも行く。エソワは、画家として有名なオーギュスト・ルノアールの妻アリーヌの故郷だ。

ジャン老人の一時代前に生きていたルノアールとは何の関係もないけれど、私の小説ではルノアールも出て来るだろうし、ルノアールの息子ジャン・ルノアール（この、すばらしい映画監督は、B・O・Fの常連だった）は登場するし、同じ息子のピエール（俳優）も出て来るだろう。

映画俳優で、故人となったジャン・ギャバンも出て来るかも知れない。そういえば、はじめてフランスへ行ったときも、ある出版社からギャバンについての小冊子を書くようにいわれたのだった。

（一九八八年五月二十六日号）

❖フランス日記（一）

今度のフランス行での、パリの宿は〔フレミエ〕という、私には初めてのホテルだったが、自分の町のように様子をわきまえているパッシーのホテルだったし、以前、常宿にしていたホテル〔マスネ〕も近い。

パッシーは、落ちついた上品な町で、犯罪なども、きわめて少かった。だからパリへ来ると、私はパッシー界隈から、めったに他の地区へ出て行かない。まして、老人となり、酒ものめなくなったいまでは、なおさらのことだ。

パリへ着いた翌日、買物をすませ、パッシーの広場の石と木で出来た円型のベンチで休んでいると、隣りへ品のよい老紳士が腰をかけた。

おだやかな容貌で、鼻下にヒゲをたくわえている。

私は、パッシーの通りを歩む多彩な老若男女を、掌に隠れてしまうほどの小型カメラで撮りはじめた。失礼なことだが、これをやりはじめると、時間のたつのを忘れてしまう。いずれも、私の絵の材料になる顔、姿をしているからだ。

そのうちに、微かな気配を感じた。ちらりと隣りを見ると、老紳士が右手に抱えた鞄の下のほうから、左の手先がそろりと出てきた。私は知らぬ顔で、尚も撮りつづけた。老紳士は正面の一点に眼を据えたままだ。

正面を向いたまま、彼の左手は、鞄の陰から微妙にうごく。そして、しだいに私の買物袋へのびてきた。その買物袋には、ジャン・ダルネルの店で買った革製品が三つ四つと、別の小型カメラが入っている。

老紳士の手先が買物袋へ入った瞬間、カメラをはなした私の右手は、彼の手の甲をぴしゃりと叩いた。

手を引っこめ、すっと立ちあがった彼は、ニヤリと私を見て「パルドン」といい、悠々と、菓子店〔コクラン・エネ〕の裏通りへ去って行った。

この夜、私はパスポートを紛失した。

（一九八八年六月十六日号）

❖フランス日記（二）

旧中央市場（レ・アール）一帯は、白いショッピング・センターと遊歩道路が完成し、たしかに、きれいになったが、味も風情もない。セトル・ジャンの酒場もハンバーガー屋から今度は革ジャンパーを売る店に変っていた。白人と黒人の若者が老紳士を脅（おど）している。柄（がら）が悪い場所となってしまったらしい。

この日は「エスカルゴ」で昼飯にするつもりだったが、このあたりの道なら、よくわきまえている私が、ちょっと迷ってしまった。というのもエスカルゴが表通りに面していた店の部分を売り払ってしまったからだ。店は以前の半分になったが、名物のエスカルゴの、金色の看板は新しくなって横丁の軒にかざってある。

昼飯後、サン・ラザール通りの、セトル・ジャンの旧居を探し当てた。大きいが、何処にでもあるコンクリートのアパートだ。通訳を通して、中年の親切な女性管理人は、つぎのように語った。

「私は二年前に此処へ来たのですが、すでにジャンさんは引越してしまっていて、顔も知りません。このアパルトマンの人たちも、みな、ジャンさんを知りません。出入りが激しく変りますから。私がジャンさんの名前を知っているのは、ときどき、手紙が来るからです」

大家は、何とかいう会社だから、ジャン老人の移転先などにかまっていられないらしい。ジャンの年上の古女房で重病にかかっていたポーレットのことも尋ねたが、むろんのことに、わからなかった。私のフランスにおける、ただ一人の友人は、こうして行方知れずとなってしまったわけだ。がっかりしたが、レ・アールの変貌から、予想していなかったことでもない。

ホテルへもどると、パスポートが見つかった。ホテルのすぐ近くのベトナム料理店へ、小さな鞄ごと私が置き忘れたのを、親切な女主人が仕舞っておいてくれたのだ。前夜に外出したのは、この店一軒だったのがよかった。五月のパリの夜は冷える。補助ぶとんを出してベッドへかける。

（一九八八年六月二十三日号）

❖フランス日記 (三)

パリで取材の数日をすごし、今日から地方へ向う。

一歩、パリを出れば、道路の渋滞はまったくない。麦畑と菜の花畑が見わたすかぎり、車窓に展開するフランスの田園の空気は、たちまちに、私の持病の頭痛を消してしまう。

フランスの穀物の自給率は、ついに一五〇パーセントを超えたという。フランスの田園を見れば、たちどころに、風景がそれを私たちに知らせてくれる。西ドイツの自給率は九〇パーセント。国土がせまいイタリアですら七三パーセントの穀物を国内で生産している。

それは、いずれも二十年三十年の努力があったからだ。日本は、約二十年前の穀物八〇パーセントの自給率が、いまは三三パーセントに落ち込んでしまった。この二十年、日本は農政において何をしてきたのだろう。

フランスの地方都市は生産の誇りをもっていて、目に見えぬ活力にあふれている。

今日は、先ずトロワ市へ出て、近くのエソワという村へ、フランスの有名な画家オーギュスト・ルノアールの墓を見るつもりだ。レンタカーはドイツのもので、運転のYも車に慣れてきたようだが、相変らず方向感覚がおかしい。

フランスの耕地は、いま、菜の花がさかりだ。トロワへ入る手前に、平和な田園風景の中に突如、原子炉二基を見る。

快晴の天気だが、空気はひんやりとして、車の窓を閉じると暑くなってくる。

それにしても、私は何でルノアールにこだわるのだろう。先年のフランス行では、カーニュにあるアトリエを見た。ルノアールは此処で息を引き取ったのだが、夏になるとエソワへ来た。

トロワから、いよいよエソワへ向う。村へ入り、すぐに墓地を発見する。親切な老夫人が墓詣りに来ていて、ルノアールの家を教えてくれた。プラタナスの並木に囲まれた、よい墓地だった。

墓はルノアールと、その後方に妻のアリーヌの墓がある。ルノアールの墓には、息子のピエールとジャンもほうむられていた。

（一九八八年六月三十日号）

❖フランス日記（四）

「何で、それほど、ルノアールにこだわるのですか？」

と、人に尋かれても、よくわからない。

私は必要があって、ルノアールの次男ジャンのことを調べるうち、どうしても、エソワの村を見ておきたくなったというより仕方がない。ルノアールの墓には、ジャンも長男のピエールも共に眠っている。妻のアリーヌの墓は、その後方にあり、別になっているのが日本人の感覚としてはよくわからぬけれども、エソワはアリーヌの故郷だから、われわれにはわからぬ理由があるのだろう。ルノアールの故郷はリモージュである。

　晩年のルノアールは、冬になるとカーニュへ行き、夏はエソワですごした。「ジャン・ル

ノアール通り」とよばれる村道があるところをみると、ジャンもエソワで暮したことがあるのだろう。ピエール（俳優）もジャン（映画監督）も世界的な芸術家となって、偉大な父の名をはずかしめなかった。

やはり、来てみてよかった。エソワは、私の期待と想像を裏切らぬ村だった。カーニュのアトリエを見たときも感動したが、さらに質素なエソワの住居は、いかにも、ルノアールの人柄をあらわしているようだった。家を見れば、住む人の人柄はたちどころにわかってしまう。

この日は、トネールにある、むかしは修道院だったホテルへ泊った。部屋は天井が低く、あまりよくなかったが、礼拝堂を改修したらしい食堂は立派で、また旨かった。

初夏のフランスでは、アスパラガスと鰈が旨い。名物のホワイト・アスパラガスは、陽光に当てず、軟化栽培するが、芽のところだけ日にあてて色をつけたのをバイオレット・アスパラガスという。この日から毎日、ホテルでの夕飯に私はアスパラガスと、痛風を恐れつつ、生のフォアグラのソテーを食べることになる。

デザートのメレンゲもよかった。メレンゲも私の大好物なのだ。

今度のフランス行では、ホテルで厭なおもいをしたことは、ほとんどなかったが、翌日のディジョンでは、ちょっと、困ったことが起った。

（一九八八年七月七日号）

❖フランス日記（五）

ディジョンでは〔シャポー・ルージュ〕というホテルを予約しておいたのだが、どうしたわけか「予約が取り消されています」と、番頭が帳簿を見せた。なるほど、取り消されている。しかも、今日は満室だった。同行の通訳が、それでは別のよいホテルを紹介してくれといい、番頭は、近郊の丘の上のホテル〔ラ・フランベ〕を紹介してくれた。

このホテルは従業員が感じよく、部屋も広いが、食堂は炉端焼きを売り物にしているというので、明日の昼飯をディジョン市内の〔トロワ・フェザン〕でとることにして、電話で予約をする。果して炉端焼きの夕飯は旨くなかった。

ディジョンは交通の要地であるばかりでなく、ブルゴーニュ・ワインの産地として名高い。戦後、副司教だったキールという人が市長となって、すばらしい市政をおこない、事業を起し、市街をピカピカに磨きあげた。キールという食前酒を創作したのも、西洋芥子を世界的なものにしたのも、この人だった。

市の収入も豊かなのか、街を行く人びとも、ゆったりと、みち足りた顔をしている。トロワ・フェザンは、ブルゴーニュ公国の名残りをとどめる宮殿前広場にあり、上品なレストランだ。この前に立ち寄ったとき食べたハムと編笠茸の煮込みのうまさが忘れられなくて、品書きを探したがなかった。そこでフォアグラの薄切りソテーと、鮟鱇と葱の煮込み、

青リンゴの氷菓などを食べる。前のときの給仕がいて、私のテーブルについてくれたのもなつかしかった。

今日は、よく晴れあがっていて、市中ではブラスバンドの演奏や、いろいろなコンクールが催されていたものの、空気は冷(ひ)んやりとしている。レストランへあらわれた老婦人などはスウェーターを着込んでいる。

ムタールなどのみやげものや、スミレとバラの味がする飴(あめ)などを買い、まことに、のんびりとした気分でディジョンをはなれた。その所為(せい)か、昨夜のホテルへ新しい絹のガウンを忘れてきてしまったが、マコンへ向う車中の私は、まだ、気がついていなかった。

（一九八八年七月十四日号）

❖フランス日記（六）

マコンに近い村のホテルで二日をすごしてから、反転して、ナンシーへ向う。この日のドライヴは、いちばん骨が折れるとおもっていたが、フランスの高速道路は完備している上に渋滞がない。運転のYは、おもいきり飛ばした。このため、意外に早くナンシーへ着いた。

ナンシーは、十八世紀のころ、当時の領主だったスタニスラス大公がロココ様式をもって、つくりあげた街である。また、アール・ヌーボーの発祥地といわれる。

ホテルは、大公の銅像があるスタニスラス広場の一角にあった。十八世紀に建てられた大邸宅をホテルにしたもので、白亜の典雅な建築だ。ロビイからの階段など、実に美しい。

早速、外へ出て、広場に近い菓子屋で〔ベル

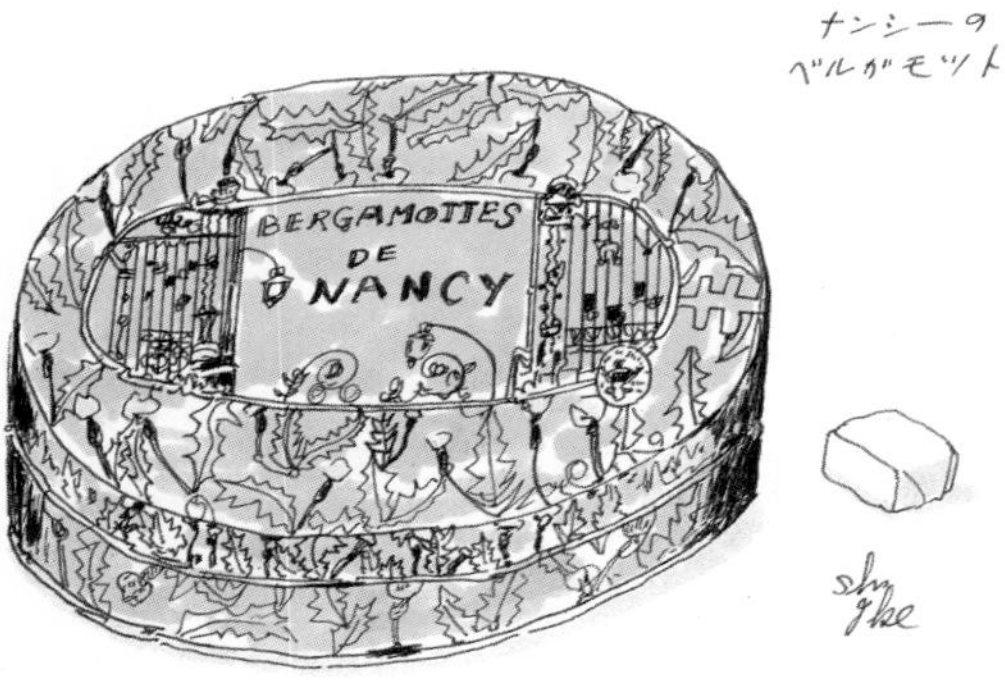

ナンシーの
ベルガモット

ガモット」と称するボンボンを買う。味は日本の鼈甲飴に似ている。この前にナンシーへ来たときも、同じ店でベルガモットを買った。

菓子屋の女主人は、「ムッシューを、おぼえています」と、いった。私も、この店へ寄ったことがヒントになって「ドンレミイの雨」という短篇を書くことができたのだった。

このホテルは美しい上に快適で、食堂もよかった。夜は雷雨になる。雷雨の後のスタニスラス広場は何としても写真を撮らずにはいられなかった。この広場や奥にある宮殿の建築は、フランスのみかイタリアからも画家や建築家が移って来て、職人を指導したものとおもわれる。

夕飯は、またしてもフォアグラの厚切りと牛肉の塩焼きにする。Yが、

「痛風、大丈夫でしょうか?」

と、心配してくれた。

明日は、ストラスブールへ行くつもりだったが、

「もう一日、此処でのんびりしよう。洗濯もあるしね」

「ぼくは、ストラスブールでシュークルート(塩漬けキャベツの煮物)を食べたかったんですが……」

「明日、エクセルシオールで食べよう」


(一九八八年七月二十一日号)

❖フランス日記（七）

〈エクセルシオール〉は、ナンシー名物の駅前食堂である。このレストランは、すべてアール・ヌーボーの内装で、独特の曲線を存分に駆使した天井、壁、シャンデリアが七十年の歴史を積み重ねていて、そのすばらしさには目をみはる。

ロレーヌ地方の南部は農村だが、ナンシーを中心とする北部の鉄鋼業は、フランス随一のスケールをもつ。

六年ぶりのエクセルシオールは、男装の女給仕などがいて、テーブルのセットもあらたまり、何だか高級志向の趣になっていたが、以前の、つめかける市民の活気がみなぎっている雰囲気がなつかしかった。Yは、此処で待望のシュークルートを食べたが、私は卵二個にして夕飯にそなえる。老人は三度の食事にも神経をつかわねばならない。哀しいことだ。

散歩して、ホテルへ帰り、洗濯にとりかかる。このホテルの浴室は広くて、干すのによい。

雨が降ったり熄んだりする。湯を浴び、そなえつけのタオルのガウンを着たら、うごくのが嫌になってしまい、夕飯はルーム・サーヴィスにした。スタニスラス広場では、レストランの給仕たちがあつまり、盆を抱えてマラソンをやっている。何かのコンクールらしい。

午後八時になって、ようやく夕暮れの感じになるが、まだ、明るい。グリーン・サラダ、フオアグラを揚げたポテトで包んだ一品、それに鰈のグリエ。街で買って来た生ハム。何といっても、ガウンのままで食べる夕飯はくつろげる。その所為か、私は絹のガウンを何処かへ忘れてきたことに、まだ、気づかないでいた。

　ナンシーへは、もう来ることもあるまいとおもうと、窓から見下ろすスタニスラス広場の夜景が、いちだんと美しく見える。

　今日は、ストラスブール行を中止してよかったとおもう。運転のYは連日のドライヴで神経をつかっているし、私も疲れている。しかし、フランスへ来て運転をすると、必ず二度、三度と下痢を起すYが、今回は、一度も体調をくずさなかったのはありがたかった。

（一九八八年七月二十八日号）

❖フランス日記（八）

ナンシーを出た私たちは、先ず、ランス市のフジタの礼拝堂へ行った。すでに私は見ているが、同行の人たちに見せたかった。

だれが何といおうとも、この礼拝堂は、藤田嗣治（ふじたつぐはる）晩年の力作だ。フジタは、当時、八十に近かったろう。その老体に残ったちからを振りしぼり、夫人ひとりに手つだわせ、堂内の壁画を描いた。昭和三十九年のことである。藤田は壁画ばかりでなく、礼拝堂内外の設計もした。大小の石を埋め込んだ灰色の外壁。屋根の小さな鐘楼の上には金色の風見鶏。庭には、十字架を背にした愛らしい童女の像がある。まるでメルヘンの中にでも出て来るような礼拝堂で、藤田そのものだ。

この前に来たときは、若い番人が陰気な、意地悪な男だったが、今度は番人が替ったらしく、親切で、照明を入れ、カメラを自由に使用させてくれた。

午後、ランスの南西エペルネに近いホテル〔ロワイヤル・シャンパーニュ〕へ向う。シャンパーニュ平原を一望のもとに見わたせるホテルだ。個人の経営だが、すべて悪くなかった。部屋は、どれもコテージのようになっていて、外観はよくないが、中へ入ると設備は完璧だった。

夕飯には、やわらかい小羊のロティとアスパラガス。それに熱いコンソメ・スープ。フランスのメニューには、めったにコンソメがないけれども、あったときは必ず注文する。それほど、フランスのコンソメは、濃くて旨(うま)い。

翌日、エペルネを抜けてバルビゾンをめざした。車窓に展開する平原は美しい。畑道で、娘が父親にサクランボを食べさせている。あくまでも平和そのものの田園風景なのだが、この父娘の背後には、二基の原子炉が見える。現代の文明(?)を象徴する構図だ。フランスの原子炉も何度か、事故を起しかけている。

ところで、今夜泊るホテルには再会できるかも知れない人がいる。しかし、彼は私のことを、おぼえていまい。おぼえていないのが当然だ。

私は長い間、考えて、やっと彼の名をおもい出した。

（一九八八年八月四日号）

❖フランス日記（九）

彼の名は、ディノ・マルキュアーレという。私は、はじめてフランスへ行った十数年前に、バルビゾンのホテル〔バ・ブレオー〕へ二泊し、フランスの田舎のよさを満喫した。以後、外国といえばフランスの田舎をまわることが病みつきとなってしまった。

当時、ディノはバ・ブレオーの給仕をしていて、はじめてフランスへ来た私と、H社のT君を、親切にもてなしてくれた。

そのとき私は、中庭のテーブルで生ハムとサラダの昼飯をしたのだが、ディノはこんなことをいった。

「私は、いろんな悪いことをしていますが、ただ一つ、いいことをしています。それは、タバコを吸わないことです。女房は一日に五

十本も吸うヘビイ・スモーカーです。だから、昨日ムッシューにいただいた日本のタバコとマッチは女房にやりました。女房は大よろこびでした」

T君が、私を作家だといったものだから、ディノは、

「このホテルを舞台にして小説を書いて下さい。ぜひ、私を主人公にして下さい。このつぎに来るとき、その本を持って来て下さい」

と、いった。

ディノは、はじめ酒庫の番人として、ホテルにつとめたらしいが、三、四年後に給仕係になったと語った。

「おそらく、もうバ・ブレオーにはいないだろうよ。あれ以来、二度ほど機会があったのだが、うまく部屋がとれなかったので、ディノには、それっきり会っていない」

私は今回の通訳Hさんに、そういった。

バルビゾンへは、意外に早く着いた。ホテルのたたずまいは少しも変っていなかったが、名前入りのタオルのガウン(約二万五千円)だとか、陶器とか、いろいろなものを売っている。

Hさんは、早速、ホテルのレセプションで、ディノのことを尋ねてくれた。

「はい。ディノ・マルキュアーレは、いまも当ホテルで元気にはたらいております」

と、こたえが返ってきた。


(一九八八年八月十一・十八日サマーデラックス号)

❖フランス日記（十）

夜になって食堂へ入る前に、私はホテルの近くのタバコ屋へ行き、クレーヴン十箱入りの包みを買っておいた。

ディノ・マルキュアーレは、レセプションで私たち一行のことを聞いたらしく、食堂の入口で待ちかまえていた。

果してディノは私のことなど忘れてしまっており、私もディノの顔を忘れてしまっていた。若かったディノもだいぶ肥り、髪に白いものも見え、堂々たる給仕長になっていた。

私は先ず、彼の妻が元の女か、元気でいるかどうかをたしかめてから、

「これを、マダムにあげて下さい」

こういって、タバコの包みを出すと、ディノはびっくりした。そして、うっすらと、おもい出すともなくおもい出したようで、

「家内は、まだタバコをやめません。少しは減りましたが……」

うれしそうに笑い、テーブルに案内してくれた。

この夜、私はアスパラガス（トリュフ卵添え）と厚切りのフォアグラのソテーを食べた。酒はディノにまかせた。ディノは、さして高くない、それでいて赤ワインの当り年につくられた、よい味わいのものをえらんで持って来た。そして、

「私も、こんなに白いものが増えてしまいました。ムッシューの小説はフランス語で出版されないのですか？」

と、いわれたのにはおそれいった。

食事の合間に、ディノはホテルの灰皿をきれいに包み、私たちにプレゼントしてくれた。

翌朝、起きぬけに私はベランダへ出た。このホテルの朝の大気は格別なのだ。背後にフォンテンブローの宏大な森をひかえ、ホテル自体の庭の樹木も多い。ホテルで使う花も、庭からとれる。そうしたものの芳香が、たっぷりとオゾンをふくんだ大気にまじり、得もいわれぬ匂いがする。小鳥が囀（さえず）っていた。

ふと見ると、ベランダの彼方に、運転のYが出ていて、うっとりとした顔をしている。

「どうだい、Y君。いい空気だろう？」

「オンゼンのホテルをおもい出しました」

（一九八八年八月二十五日号）

❖フランス日記（十二）

昭和五十五年に、私はYの運転で、ロワール川沿いの古城めぐりをしたことがある。Yにとっては、このときがはじめてのフランスだったはずだ。そのとき、ブロワに近いオンゼンの町外れの、森に囲まれた小さなホテル〔ドメーヌ・デ・オート・ド・ロワール〕へ泊ったのだが、このホテルの朝の空気も〔バ・ブレオー〕同様にすばらしかった。

　バ・ブレオーを出て、パリへもどった日は、よく晴れわたった。オート・ルートへ入ると、たちまちにパリへ着いたので、先ずモンマルトルへ寄ることにした。モンマルトルのサン・ヴァンサンの墓地にあるモーリス・ユトリロの墓を、まだ見ていなか

ったからだ。

今日のモンマルトルは、静かだった。

ムーラン・ド・ラ・ギャレットの古い風車は修理中だったが、シャンソン酒場の〈ラパン・アジル〉は旧態をとどめている。むかし、オーギュスト・ルノアールもモンマルトルに住んでいて、気楽な独身生活を四十すぎになるまでたのしんでいたが、エソワ出身のアリーヌ・シャリゴは、恋敵のシュザンヌ・ヴァラドン（ユトリロの生母で、デッサンの達人）を蹴落し、恋の勝利者となったのである。

ユトリロの墓は、コーヒー色の、新しいもので、パレットを持ったギリシャ風の男の彫像が墓石の傍に立っている。ユトリロに似つかわしくない墓だった。

八日ぶりでパリのホテル〈フレミエ〉へもどると、何だか自分の家へ帰ったような、なつかしい気分になる。

シャツをクリーニングへ出したら、黒人のメイド、ダドー・スウが「明日は洗濯屋が休みですから、私がやります」といい、翌日までにアイロンをかけ、きれいにしてくれた。こうなると、このつぎ、パリへ来たときも、このホテルへ泊ろうという気になる。

夕飯は、パッシーの〈マンダリン〉で中国料理。午後九時というのに、まだ明るい。セーヌ川沿いの道を歩いてホテルへ帰った。大気は冷え冷えとしていて、日毎に夜が長くなってくる。

（一九八八年九月一日号）

❖フランス日記（十二）

さわやかな、五月晴れの日曜日となった。

いよいよ、明日は帰国するので、荷物の整理をする。このとき、はじめて、自分が持ってきた絹のガウンがないのに気づいた。

田舎のホテルでは、ほとんど、タオルのガウンがそなえつけてあったので、自分のを使うこともなかった。そうすると、パリを出て二日目に泊ったディジョン郊外のホテル〔ラ・フランベ〕へ置き忘れてきたらしい。

パスポートは見つかったことだし、今回の小さなミスはこれだけだった。旅行の常備薬、太田胃散、金沢の混元丹、それにY夫人が下すった漢方薬を常用しただけで、躰をいためることがなかったのは何よりだ。

運転で神経をつかう所為か、いつもは二、三回、腹をこわすYも、今回は一度も、それがなかった。

この日サンルイ島にある〔ベルティヨン〕という店のアイスクリームが旨いと耳にして、アイスクリームに目がない私は、すぐに出かけてみる気になった。

なるほど、老若男女がベルティヨンの本店と近辺のカフェの前に列をつくっている。

私は先ず、バニラとコーヒーのアイスクリームを買い、食べ終ると、また列に加わり、

チョコレートとフランボワーズを買った。こんなに旨いアイスクリームを口にするのは久しぶりのことだった。旨いからこそ、これだけの客があつまって来るのだろう。

セーヌの川沿いでは、まだ、風が冷たいというのに、多勢の半裸の男女が躰を灼いていた。夏が待ちきれないのだろう。

それほど、パリの冬は長く、切ないほどに寒いものらしい。

太陽の光りと暖かさに酔いながら、アイスクリームを手にした人びとが、セーヌ川沿いの道へあふれ出て行く。

私は、最寄りの菓子屋で、手造りのジャムを買った。

昼飯をする店は決めてあったが、今日は日曜日でレストランは夜、休むところが多い。何とかしなくてはならない。

（一九八八年九月八日号）

❖フランス日記（十三）

今日の昼飯は、サンミシェル橋に近い中国料理店ですませた。そのとき、ふと、おもいついて炒飯(チャーハン)をパックに入れてもらい、ホテルへ持って帰ることにした。ホテル〔フレミエ〕は、朝飯を出してくれるが夕飯は外で食べるより仕方がないのだ。デザートにはホテルの近くの八百屋で、モロッコ産のオレンジか、アルゼンチンから入って来る洋梨でも買えばよい。

夕飯の心配がなくなったので、サンミシェル広場に近い、小さな映画館で、ナンシー出身の監督、エリック・ロメールの〔L'AMI DE MON AMIE〕（邦題・友だちの恋人）を上映しているのを知り、観(み)ることにした。

パリ郊外の新都市セルジー＝ポントワーズを背景にして、二人の女と二人の男の奇妙な愛情を淡々

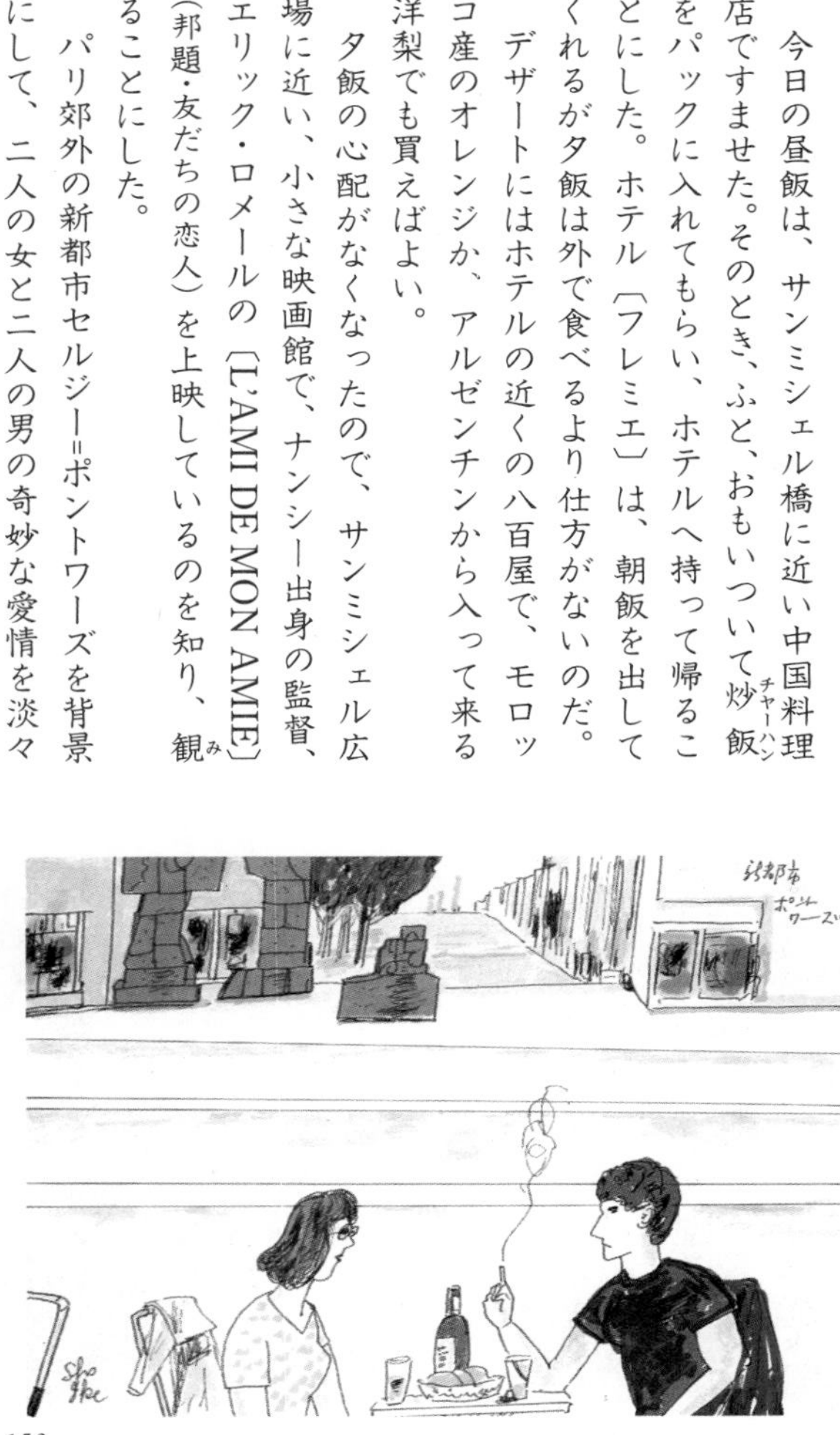

と描いたものだ。ロメールは、もう老匠（六十八歳）といってよいが、演出は実に若い。

この映画は、ポントワーズへロケーションをして、新都市の生態をあますところなくとらえている。

映画を観ているうちに、セトル・ジャンが住んでいた大きなアパートを所有している「F・F」という不動産会社は、ポントワーズの町造りにも関係していることがわかった。

古い、アパルトマンも、あのようにして買い取られ、建て替えられ、部屋の多い何処にでもあるアパートになって行くのだろう。

ポントワーズは、白いクリームを塗った、出来たてのケーキのように美しく、車輌の響音もなく、走る車の影も途絶えているほどだ。

こうした新都市がパリ周辺に、いくつもできて、パリも変貌して行く。事実、古い石造りのアパルトマンは、新世代の人びとの生活に機能しなくなってきている。日本の京都と同じことなのだ。

ところで、この映画には、大画家オーギュスト・ルノアールの曽孫ソフィが重要な役を演じて、印象に残った。

ホテルへ帰り、明日は早いので、すぐに浴室へ入る。浴室の明るい窓から流れ入ってくる微風はひんやりとして、私はめずらしく、長い時間を浴槽の中ですごした。

（一九八八年九月十五日号）

❖ヴェニスにて（一）

私が、ヴェニスに心をひかれるようになったのは、三岸節子さん（フランス在住）の画集を見てからである。

画集の中におさめられた数点のヴェニスの絵は、単にすばらしいというだけではなく、その力感において、洗練の極致ともいうべき構図と色彩において、私を感動させずにはおかなかった。寸暇あるたびに、この画集をひろげるのが、私の習慣になってしまった。

三岸さんは、いま八十をこえられたがフランスのヴェロンに健在だ。私同様、湿気(しっけ)の強い日本の気候が、よほど躰(からだ)に合わぬらしい。

三岸さんのヴェニスは、六十をこえてから発表され、七十をすぎるまでつづいた。想像もおよばぬ体力の強さが、画面にみなぎっていて、見るたびに、はげまされる。

フランスへ行く毎(ごと)に、ヴェニスへ立ち寄ろうとおもいつつ果せなかった私だが、今度、ある仕事で、ドイツからフランスをまわることになった旅行の、最後の四泊五日をヴェニスですごすことができたのだった。

ヴェニスへ着いた日、サンマルコ運河沿いの道を歩いていて、ホテル〔ダニエリ・エクセルシオール〕を見つけた。古典的な超一流のホテルと聞いていた。吉行淳之介さんが数年前、ヴェニスへ来たとき、泊られたホテルが此処(ここ)だ。

私が泊ったホテルは〈モナコ&グランド・カナル〉というので、外のテラスが船着場になってい、ゴンドラや大小の船の出入りが絶えない。

夕飯は、ホテルのテラスでした。

名物のスパゲティや鱸を軽く焼いたものなど、なかなか旨い。

七時ごろになって、ようやく、夕闇が濃くなり、大運河の上空に白い月が浮きあがった。

ベッドへ入ると、運河の波がひたひたと打ち寄せる音がきこえる。

この夜、私は吉行さんの夢を見た。船着場からゴンドラに乗って、運河へすべり出した吉行さんを大声でよびかけたが、吉行さんは振り向きもせず、ゴンドラの中で憮然としていた。

（一九八八年十月二十日号）

❖ヴェニスにて（二）

同行のカメラマンD君は四十歳になったばかりだ。私がカメラマンと共に長い旅をしたのは、数回あるけれども、今度だけはD君の体力、こまかい神経のはたらきに、つくづく敬服をした。

朝、起床すると先ず、D君は外へ飛び出す。片言のイタリア語を大胆に使ってヴェニスの町の人びとと接し、二日もすると、レストランのメニューも読めるようになった。いつも、カメラの器材が入った重いバッグを左肩からはなさない。

昼前に帰って来た彼は、私の画材になりそうな風景を探して来てくれ、昼飯がすむと、私をさそい出す。

この夏から体調をくずしている私は、ホテルの椅子に坐ったきりだったが、午後からD君と共に外へ出た。

そのあともD君は歩きに歩き、ヴェニスを探訪して倦むことを知らない。私は二十五年前の、旅へ出たときの自分の姿をD君に見た。

もっとも、たとえ二十五年前であろうとも、D君ほどには食べられなかったろう。あれだけの体力をもつためには相応の食欲と、それを消化する肉体の所有者でなくてはならない。彼は世界各国をまわっていて、外地での経験が豊富だ。手に入れたショウユの袋の口をふさぐ、小さなクリップまで、魔法使いのように、ポケットから取り出すのにはおそれ入った。

観光客がひしめいている街路よりも、私には、少しはなれた、ヴェニスの生活感がただよう住宅地のほうがよかった。そこで私も、はじめてカメラを使った。

小運河のほとりの、しずかな小道で、イギリスの老婦人が携帯用の水彩絵具をひろげ、絵を描いている。油絵でなくとも、絵を描くことは、すばらしい老後のたのしみだが、私が使っているガッシュやパステルでさえ、相当の体力を必要とする。

アメリカの老女優で、いまなお現役のリリアン・ギッシュ（九十二歳）に似た老婦人を、私は遠くからカメラにおさめた。老婦人は無心に鉛筆をあげて、構図を練っているかのようだった。

傍の運河を荷船が唸り声をあげ、通り抜けて行った。

（一九八八年十月二十七日号）

❖ヴェニスにて（三）

夜になって、観光客の群れもいなくなり、月がのぼると、この春に観た、オペラ〔ホフマン物語〕の第二幕そのものの情景となるヴェニスだった。第二幕は〔ヴェニスの高級娼婦ジュリエッタのパレスと街路〕である。日中は、サン・マルコ広場を埋めつくしている鳩も何処かへ飛び去っている。

そのかわり、広場に散在するカフェが活気を呈しはじめる。

カフェは、それぞれ専属のバンドをもっており、ポピュラーな曲や、古典音楽をジャズ風に演奏したりする。暑くもなく、寒くもないカフェの前にならべられた椅子にかけて、このバンドの音楽を聴くのが毎夜のたのしみだった。

バンドは、たがいに競争意識があって、演奏も達者だ。客も、それぞれのバンドと、それぞれの楽員をひいきにしているらしく、うるさ方は、屋台の前に来て、注文をつけたりする。

ときには、カフェのオーナーも出て来て注文をつける。そんな注文を、苦笑したり、困惑したり、または苦虫を嚙みつぶしたような表情を浮かべて聞いている楽員たちがおもしろかった。

若い楽長が、中年の肥ったピアニストに何事か命じると、そのピアニストが頑として聞

きいれない。それに気づいたファンが笑い声をあげる。弥次（やじ）を飛ばす。

この野天のカフェでは食べものを出さない。飲みものか、アイスクリームだけだ。私たちは夕飯をすませると、コーヒーは、いつもこの野天カフェでのむことにした。ちょうど夜の演奏が始まるころなのだ。

明日は帰国という日の前の日の昼下り、カメラマンのＤ君と共に町を歩いていると、見おぼえのある若い男がバイオリンのケースを抱え、古い家へ入って行った。カフェのバンドで見かけた男だ。

彼が入って行った古い家の奥のほうからピアノやサキソフォンの音が洩れてきたのに私は気づいた。そのカフェの練習場が古い家の二階にあるのかも知れない。こういうことを知ると、ヴェニスも、だんだんにおもしろくなってくるのだが、四泊五日ではむりである。

（一九八八年十一月三日号）

※ヴェニスにて（四）

ヴェニスは、江戸時代の深川そのものである。

徳川幕府が、埋め立ててつくりあげた深川も、むかしは一種の洲（す）といってよかった。

大小の運河が縦横にながれ、西に横たわる大川（隅田川）は、さしずめ、ヴェニスの大運河といったところか。深川と江戸市中をむすぶ橋が永代橋（えいたいばし）である。ヴェニスの人たちが舟でイタリアの「本土へ行く」というように、深川の人は永代橋を西へわたることを「江戸へ行って来る」といった。

ただ、ちがうのは、およそ千年もかけて、つくりあげられたヴェニスは、石と

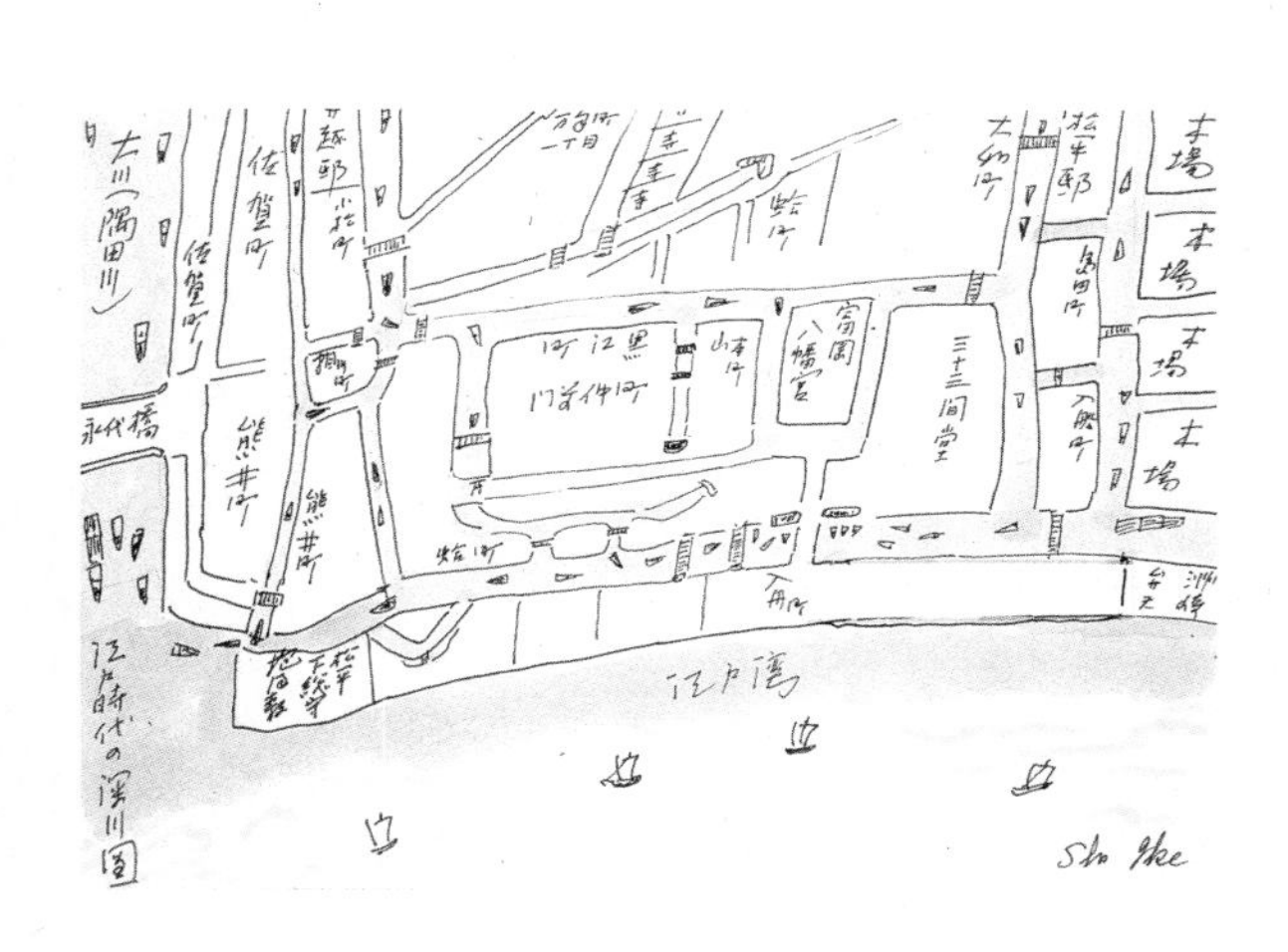

煉瓦による建築物が、立派な観光資源として残されているのとちがい、深川には何も残っていないばかりか、現代では運河の大半が埋め立てられてしまった。

むかしは、大小の船がなければ、深川の生活は成り立たなかったのだ。太平洋戦争前の、私が少年のころまでは、まだ深川に、水と舟の生活が残っていた。そして、数え切れないほどの橋があった。深川の高橋から千葉県の行徳通いの汽船が出ていて、おもしろ半分に二、三度、乗って行徳へ行ったこともある。

ホテルの部屋で、ゴンドラの船頭が民謡を唄うのを聴いたが、むかしの深川でも、小舟に客を乗せた船頭が、舟唄だの潮来節を唄った。

ヴェニスの小運河に沿った、青果と魚介の市場の活気と情景は、まるで深川の夕河岸(夕方から立つ魚の小市場)がよみがえったようだった。

深川にも、サン・マルコ寺院のような、富ヶ岡八幡宮があるけれど、歴史的にも劣るし、何しろ木造だったから度び重なる災害に何度も灰となり、名のみのものとなってしまった。とても、世界的な観光資源とはならぬ。

だれがつくった歌か忘れてしまったけれど、大正か昭和のはじめには、つぎのような歌の情景が残っていたのである。

「深川の夜祭り恋し、船唄の、木の香にまじり、水をながるる」

(一九八八年十一月十日号)

❖ヴェニスにて（五）

町に川がながれ、橋があって、その下を小舟が通ると、その町の景観には、得もいわれぬ情緒(じょうしょ)が生じる。

その町の生活と、人びとの生態も同然である。

私は、少年のころ、深川の親類の家へ使いに行った帰り道には電車にもバスにも乗らず、大小の橋をわたって本所へ出て、浅草の我家へ帰ったものだ。

油堀(あぶらぼり)をわたり、仙台堀をこえ、小名木川(おなぎがわ)へかかる高橋(たかばし)をわたり、さらに本所へ入って竪(たて)川(かわ)の二ノ橋（江戸時代の二ツ目橋）から両国へ入り、大川（隅田川）へかかる厩橋(うまやばし)を西へわたって浅草の我家へたどりついた。

このように手間と時間をかけて帰るのも、それが、おもしろくて、たまらなかったからだ。

子供ごころにも、橋をわたるときの情緒を味わっていたのだろう。

この道程(みちのり)は約一里半。子供の足で、三時間近くかかった。

当時の深川は電車や自動車よりも、縦横にながれる運河を行く舟のほうが多かったようにおもう。舟唄こそ、流行歌の〔涙の渡り鳥〕に変っていたが、空に月が出た橋の下の川を、船頭がよい声で唄っているのを聴きながら橋をわたっていると、何だか、芝居の中の

一情景の中に自分がいるような気がした。
ヴェニスのゴンドラも、船頭がアコーディオンを使ったり、唄ったりするけれども、これはすべて観光客のためにすることだ。でも、ないよりは、あったほうがよい。

ついに私は、ヴェニス名物のゴンドラに一度も乗らなかった。いま、ヴェニスのゴンドラは五百隻に満たないそうな。そもそも、ゴンドラをつくる職人がいなくなる一方で、地味な舟大工より、客相手の船頭のほうが、

「金になる」

からだという。

ゴンドラも、やがて、ヴェニスから消えるだろう。

（一九八八年十一月十七日号）

❖ヴェニスにて（六）

ヴェニス名物のゴンドラの将来は心細いかぎりだが、モーター船は圧倒的に増えているそうだ。

ホテルの朝は、前の船着場から発着する乗合船（ヴァポレット）の、威勢のよいディーゼル・エンジンの響音によって明ける。本土へ通勤する人びとがすしづめに乗っていて、夕方になると帰って来る。

私は、今年の異常な夏の気候で、体調をくずしていたので、あまり、外へは出なかった。帰国して、或人から、

「ゴンドラもいまは、雲助（くもすけ）みたいなのが多いそうですね。いかがでした？」

と、問われたが、私は黙っていた。

泊ったホテルがよかったので、四泊五

Sho Ike

日は私の充分な休養となった。少しでも外出すると、中年のメイドが、使用したタオルをすべて取り替え、簡単に掃除をしておいてくれる。フロントも品があって、親切である。

ヴェニスのパンはまずい。菓子(ケーキ)も同様だが、家内は、そのまずいパンを毎朝買って来ては、窓辺へ来る雀や鷗(かもめ)に投げあたえた。

パンを千切って投げると、飛んで来た鷗が素早くくちばしで受けとめてしまう。これをながめながら、ほとんど一日の大半をすごしていた私には、トラブルも嫌(いや)な思いもするわけがなかった。

ヴェニスへは、もう一度、行きたいとおもうけれど、おそらく行けまい。六十をこえた身には、長時間、航空機内ですごすことが苦痛以外の何物でもないからだ。

ヴェニスへ来て、何もしなかったおかげで、悪い思いもせず、よいホテルへ泊った思い出だけを胸にしまって帰って来た。こういう旅行の方法というのもあるのだ。

ヴェニスは、さすが観光都市だけあって、夜が更けると乗合船もモーター船も、エンジンの音を低くするようだ。

ヴェニスから帰国し、すぐに、三岸節子画集をひろげて見た。

そして、その造形の見事さにあらためて感じ入った。

(一九八八年十一月二十四日号)

IV

❖なまけもの

少年のころ、祖母が私に「お前は日本一だ」といったので、「日本一の良い子なの？」と聞いたら、言下に「ちがう、日本一の怠け者といったのだよ」たちまちに、きめつけられた。いまにしておもうと、うなずけないこともない。

私だって、他の子供たちと同じように遊びまわっていたのだが、子供のくせに昼寝が大好きで、泥行火（炬燵の一種）にもぐり込んで昼寝するのが、もっとも楽しく、このために、冬が来るのを待ち焦がれたほどだった。

私の気学星は〔六白金星〕で、六白には怠け者の象意がないとおもっていたけれど、研究をすすめるにしたがって、かなり、その傾向もあるようだと、おもいはじめている。

小学生のころ、宿題は、翌朝に少し早く登校してやるものだと決めこんでいた。子供のくせに、日中から炬燵へ入って昼寝している姿は、祖母や母の眼に、さぞ生意気に見え、見苦しかったにちがいない。

やがて「日本一」の怠け者は「日本一のろくでなし」に変ってしまった。曾祖母は別として、祖母や母は「この子は将来、どうにもならない」と、おもいはじめたのも当然だ。私自身、そうおもっていたのだから……。

その私が、自分でもおどろくほどに変ったのは、終戦後の生業に現在の仕事（小説・劇作）を選んだからだ。その経緯については、この稿に書き切れないが、いざ、勉強をはじめてみると、この仕事で生活ができるようになるまでには、広範囲にわたっての、非常の努力が必要であることがわかった。炬燵で昼寝をしていたのでは、どうにもならない。

当時は生活のために役所へ勤めていたから、勤めと勉強の時間の割り振りに私は苦しんだ。そのころの私は三、四時間しか眠らなかったろう。時折、ひどく胃が痛んだが、後年、勤めをやめて筆一本の生活に入ると、痛みがけろりと消えてしまった。このときの自分がなかったら、私は「日本一の怠け者」になりきって、祖母や母の期待（？）を裏切らなかったろう。

（一九八七年七月二日号）

❖祇園小唄

私が七歳のとき、父と母が離婚し、私は母の実家へ引き取られた。

間もなく、母は再婚したが、父は独身のままだったし、父母ともに、離婚したからといって幸福になったようにも見えなかった。

父は月に一度か二カ月に一度ほど、私の顔を見に、浅草の母の実家へあらわれ、私を連れ出した。ほとんど浅草へ行って映画を観たあと、何か食べて別れたわけだが、あるとき、父が、

「どうだ。お父さんが勤めているところを見たくないか?」

という。別に見たいとはおもわなかったが、子供ごころに「見たくない」というのも愛想がないとおもい「見たい」と、こたえると、父は大層よろこんだ。

母と別れてからの父は、秋葉原の青果市場の事務員になっていた。父と私は、浅草から秋葉原まで歩いて行った。そのとき、父が私の手を握りしめながら、何やら唄い出したのには、びっくりした。父はおよそ、歌などを唄ったことがない人だったからだ。

「月はおぼろに、東山。霞む夜ごとの篝火に、夢もいざよう、紅ざくら」

父の唄声は、子供の私の耳にも、はっきりとつたわった。長田幹彦作詞、佐々紅華作曲の〔祇園小唄〕である。五十七年後のいまも、唄っている父の、さびしげな横顔が浮かん

でくる。父は死ぬまで、独身だった。

青果市場の見学は、子供の私にとって、少しも面白くなかった。しきりに「帰ろう」という私をなだめ、父は、いつも自分が食事をしている大衆食堂へ私を連れて行った。

このとき私は、生まれてはじめて〔ハム・エッグ〕なるものを口にして、その旨さに驚嘆したのだった。それから父は、またしても〔祇園小唄〕を唄いながら、須田町の〔万惣〕で旨いホットケーキを食べさせてくれた。

後に、母が再婚先から実家へ帰って来たとき、この話をしたら、母は「そんなもの、わけはない」と、ハム・エッグとホットケーキをつくってくれたが、まずいのには閉口した。

（一九八七年八月十三・二十日サマーデラックス号）

❖明治一代女

和風ポップスの思い出を、もう一つ書く。

約五十年前の真夏、この年に小学校を卒業した私は、はじめての苦悩を味わっていた。私は小学校を終えると、当時の下町の少年の大半がそうだったように、はたらきに出た。先ず、茅場町の小さな株式仲買店の小店員となったが、三カ月でクビになった。仕事が嫌いだったのではなく、主人も可愛がってくれたのだが、ダメだった。

引きつづいて、諸方の人びとの世話で、いろいろなところへ行ったけれど、いずれも長つづきがしなかっ

た。ときには、三日で浅草の家へ帰って来てしまった。

理由は一つだ。はたらく場所、店などが、いずれも住み込みだったからである。

当時の私は、和洋の映画に熱中しており、封切り映画のすべてを観(み)たいという欲望に燃えていた。月に二日の休みしかない住み込み勤務では、それが充(み)たされない。自宅からの通勤ならば、勤務を終えてから帰宅するまでの間は自由だ。毎日のように映画が観られる。

毎日ゴロゴロしている少年浪人の私に、祖母も母も手を焼いていた。できるなら、家へ置かず、外へ出したかったのだろうが、ついに、たまりかねた祖母が乗り出し、親類の青年が二人、はたらいている株式仲買店・M商店へはなしを持ち込んだわけだが、その間、さすがの私も失業の苦しみに、夜も寝られなかった。

近くのカフェでは毎夜、当時の流行歌〔明治一代女〕のレコードをかけている。「浮いた浮いたと浜町河岸に、浮かれ柳のはずかしや」という歌詞とメロディを、すっかりおぼえたころ、M商店の主人との面接がきまった。残暑のきびしい九月十四日だった。

茅場町にあった主人の本宅で、「お前さんは通勤がいいか、それとも住み込みがいいか？」と、主人から尋(たず)ねられたとき、私が何とこたえたか、いうまでもないだろう。主人に通勤をゆるされたときのうれしさは、いまも忘れていない。

（一九八七年八月二十七日号）

焚火

夏が去ると、むかしの東京の、下町の子供たちは焚火(たきび)のことで頭が一杯になってくる。そして、まだ、冬がやって来ないうちから、焚火の仕度をはじめるのだった。

下町には其処此処(そここ こ)に大小の原っぱがあり、子供たちに絶好の遊び場所を提供してくれた。

子供たちは、先ず、長方形の空缶(あきかん)を手に入れる。つぎに、空缶の中で燃やす木材をととのえる。こうしたものを仕度するのは、わけもないことだった。

秋の夜、私たちは原っぱへ空缶を持ち出し、雑木を入れて火をつける。その火の色のなつかしさは、一年が終りに近づいたことを私たちに知らせてくれる。町内の大人たちは、

「風のある日に焚火をしてはいけない」

と、いい、私たちはこれを厳守した。そして、大人が教えてくれたやり方によって火を消し、後始末をした。

焚火を囲んでの、子供たちの遊びや、たのしみはいくらもある。さかんに燃える炎に温(ぬく)まりながら指す将棋は、部屋の中でのそれとは一味(ひとあじ)も二味(ふたあじ)もちがう。

だが、何といってもたのしいのは、サツマイモを灰に埋(う)めて焼いたり、肉屋で売っているポテト・フライを長い竹串に刺して焙(あぶ)り、こんがりと焼けたのを、ウスターソースへつけて食べる旨(うま)さだった。

ソースは、わずかに水で薄め、小鉢へ入れておく。そして焼けたポテト・フライをソースへ浸すと、ジューッと音をたてる。私はこれが最も好きで、友だちから「ポテ公」だの「ポテ正」などとよばれたりした。小づかいをためておいて、豚肉を買って串焼きにするときの幸福感は何物にもかえがたかった。こんなときは、曾祖母（ひいそぼ）に大きな握り飯をこしらえてもらう。

　むかしの小学生は、こんなことをしていて、毎日毎日が充（み）たされていたのだ。いまの東京には焚火をする原っぱもないし、そんな遊びはゆるされない。

燃えつけば遠く掃（は）き居る焚火かな（餘子）

（一九八七年十一月十二日号）

❖紙芝居(一)

紙芝居を初めて観たのは、いつのことだか、よくおぼえていないが、そのときのことは忘れない。そのころ、東京の下町へまわって来た紙芝居は、芝居か人形劇を観ている気分がしたものだ。

演物は〔西遊記〕だった。孫悟空や、猪八戒など、堅牢な厚い紙に克明な筆づかいで描かれてい、これを串に貼り合わせて、後方の幕の間から手を出してうごかす。うごかぬときは、串を木の桟の穴へ差し込む。

そのほかにも、いろいろと仕掛けがしてあって、糸を引くと、絵がガラリと変ったりする。拍子木でツケを打ったり、銅鑼を鳴らしたりして、非常に凝ったものだった。手先が器用で、弁舌に長けていなくては、そのころの紙芝居屋は、つとまらなかったろう。

いずれにせよ、紙芝居は、子供たちに大なり小なり影響をあたえずにはおかなかった。私が後年、大劇場の脚本を書き、演出をするようになったのも、種々な理由があるにせよ、根本的な遠因は、このときの紙芝居にあったのではないだろうか……。

数年(おそらく、二、三年)のうちに、このような紙芝居は、いつの間にか、消えてしまい、かの〔黄金バット〕の全盛期となる。そしてガクブチのような箱に毒々しい絵を差し込み、引き抜くだけの、「曲もない……」紙芝居ばかりとなってしまった。

私を連れて、よく紙芝居を観ていた曾祖母(ひいそぼ)は、

「近ごろの紙芝居には、芸がなくなった。口先で、しゃべっていればすむのだから」

などと、いった。

私が、初めて観たような紙芝居は、ジャワ島にのこっているそうな。インドネシアやジャワの芸能は、歌舞伎とも何処(どこ)かでむすびついている。ふしぎなことだが、興味ふかいことではある。

私は、紙芝居によって「西遊記」を知った。「平家物語」を知った。われわれの幼少時代は、何と多彩をきわめていたことだろう。

見物料は、飴(あめ)一つを一銭で買えば、紙芝居屋の後を追いかけ、つぎの場所へ付いて行っても、飴を買わずに、観せてもらえた。

（一九八七年十二月十日号）

❖紙芝居（二）

紙芝居は、一日のうちに三度も四度も来た。それぞれに違う人が、独自の演物(だしもの)をやるのだから、飴を買う小づかいを捻出(ねんしゅつ)するのに、子供たちは苦労をしたものだ。

その中に〔異能(いのう)〕の紙芝居屋がいて、この人を私たちは「バナナの小父さん」又は「チョビヒゲ」と、よんでいた。この人は飴玉を売るかわりにバナナの形をした菓子を売る。一本一銭だった。そして、紙芝居の紙はワラ半紙を二つ切り、又は四つ切りにしたものに絵は墨で描き、クレヨンで色をつける。もちろん、自分の手で描くのだ。

この人の特徴は、浅草で観(み)たばかりの映画を、すぐに紙芝居にして、私たちに観せてくれたことだ。鼻の下のヒゲ、ソフト帽、

フチなし眼鏡という姿(いでたち)の彼は、こんなふうに紙芝居をはじめる。

「昨日ね、小父さんは浅草の富士館で、大河内(伝次郎)の大菩薩峠(だいぼさつとうげ)を観てきて、すぐに紙芝居にしたんだ。凄(すご)いよ、これは。原作は中里介山(なかざとかいざん)、大河内は机竜之助(つくえりゅうのすけ)という剣客になる。今日はね(トいいかけて)おい、そこの、ほれ、頭でっかちの子。君はバナナを買ったのかい? 何、今日は小づかいが無いから買わない? いつも、そうじゃないか、困るなあ。ま、いいや。明日は買えよ。よし、では始める。甲源一刀流(こうげんいっとうりゅう)の巻。これは長いよ。小父さんも毎日、一所懸命に描くから、君たちも一所懸命に小づかいをためて、バナナを買わなくちゃいけない。バナナが売れないと、小父さん、飢え死をしちゃうからね。バナナを三本買ったら、券を一枚あげる。その券が三枚たまったら、この、大菩薩峠の絵を一枚あげることになっている」

この人の説明は、とても、うまかった。

通りがかりの警官も聞き惚(ほ)れるほどだったが、紙芝居が終ると、とたんに、

「おい、君、こんなものを子供たちに観せては、教育上、よろしくないではないか」

文句をつける。バナナの小父さんが、別人のように、ペコペコと頭を下げるのが気の毒でならなかった。

(一九八七年十二月十七日号)

サンタクロース

子供のころの一時期、クリスマスが近づくと、何といっても、たのしみは、サンタクロースの到来だった。

サンタクロースのプレゼントは、北欧の民間伝説とキリストの降誕祭がむすびついたもので、サンタの老翁は、日本の七福神の一人のようなものだろう。大正の末期から昭和初期にかけての当時は、西洋から入って来た、あらゆるものが流行して、下町の職人だった祖父も孫の私に、異国渡来の、この風習を実践(じっせん)したのだった。

「そんなものじゃ小さい。もっと、大きなものをつくれ」

と、祖母に命じて、布製の靴下をつくらせる時の祖父の脳裡(のうり)は、たった一人の孫へのプレゼントを、あれこれとえらんでいたにちがいない。

もちろん、私は、サンタクロースの存在を疑ってもみなかった。

ブツブツいいながら、祖母が縫(ぬ)いあげた靴下を、枕元に置いて眠るときの、その胸のときめきを今も忘れない。この夜は、なかなか寝つけないが、子供のことだから、いつしか眠ってしまう。母は再婚して、実家にいなかった。

朝、目ざめると、何も入っていなかった靴下の中に玩具の刀やケン玉や、クレヨン、本などが、一杯入っている。

「わあ、今年も来たね」

祖父にいうと、

「今年は、お前が、おとなしくしていたからだ」

祖父はニコリともせずに、こたえた。

祖父が死ぬと、もう、サンタクロースは、やって来なかった。

こうして育てられた私のような男が、子供や孫に対して、サンタの役を演じようとすると、子供たちの仲間は「サンタクロースなんていやしないよ、バカだな」と、いうし、学校の教師までも笑って「靴下のプレゼントは、きみのお父さんかお母さんが入れてくれるのさ」こういって、たちまち子供の夢を、ぶちこわしてしまうそうな。

（一九八七年十二月二十四・三十一日クリスマス特別号）

❖新年の竹馬

子供の正月のたのしみは、何といっても、諸方からもらう〔お年玉〕と、お節の栗のキントン、雑煮……そのほかに、私は、祖父が作ってくれる竹馬が、たのしみだった。

はじめは、一メートルに足らぬ低い竹馬だったが、孫の成長に合わせて、

「来年は、もう一尺、高くしてやるかな」

祖父にいわれると、飛びあがるほど、うれしかったものだ。

低い竹馬は、友だちの間でも幅がきかない。

いまは、竹馬なんて乗る子供はいないだろうし、つくる人もいまい。また、竹馬の竹を手に入れるのも面倒な世の中になってしまった。

祖父は、夏が過ぎるころから、あれこれと考えて、

「ずいぶん、背が伸びたなあ。さて、来年の竹馬は、どれくらいの高さにしたものか……」

つぶやきながら、竹の入手について、おもいをめぐらしていたようだ。竹馬の高さによって、竹の太さもちがってくる。足を乗せる台（木材）を竹に括りつける麻縄の種類にも、気をつかわねばならない。

一年ごとに、一尺、二尺と竹馬が高くなり、祖父が死んだ年の竹馬に乗ると、軒端へ手が届くほどになった。

正月になり、女の子が羽根つきをして、軒へ羽根が飛んでしまうと、竹馬で駆けつけて行って、苦もなく取ってやることができた。私は得意だった。

朝から夜まで、竹馬に乗って遊んだ。

松飾りの笹が夜風に鳴る道から道へ、竹馬に乗って行くと、あたりの風景が、まるで、ちがって見えた。低い竹馬に乗っている友だちがぽかんと口をあけ、うらやましげに私を見送る。

いたずらの種類が増え、その実行を考えると、胸が躍って、夜も眠れない始末だった。

来年は、もっと高い竹馬に乗れると思ったが、病気になった祖父は、春を待たずに死んでしまった。

（一九八八年一月七日号）

❖蕪

小学校の卒業も間近くなった或日、夕方の買物に出た母の後について行くと、八百屋の店先で買物をした母が、

「お前は、卒業したらカブヤにおなり」

突然、そういった。

母の買物の中に、蕪があったので、

「カブって、この蕪かい？　いやだなあ、蕪を売るなんて、八百屋はごめんだよ」

「カブはカブでも、こんな蕪じゃあない」

母が、いうものだから、

「じゃあ、どんなカブ？」

「もっと、大きなカブを売ったり、買ったりするのだよ」

いよいよ、わからない。子供には、わからないはずだ。

母は、私を、兜町（かぶとちょう）の株式仲買店の小僧（小店員）にするつもりだったのである。母の従弟（いとこ）が二人、Mという株屋の店員になっていたので、そのうちの一人にたのみ、就職の口を見つけてもらいつつあったのだ。

蕪（かぶ）ではなく、株（かぶ）だった。

当時の株屋などは、もっとも質の悪い職業とされていたもので、世間の人たちは軽蔑していた。それにもかかわらず、母が私を株屋にしようと決心したのは、

（上の学校へ行けない子が、大手を振って、世の中をわたって行くには、これが一番いい）

母は母なりに、そうおもったからだろう。

その理由は、株屋の小僧になってみて、よくわかった。

そのころは、まだ、むかしの風が残っていて、入店した第一日目に、支配人の関谷さんが、

「ふむ。池波正太郎か……すると正どんだな。呼びやすくていい。正どんにしよう」

呼びにくい名前だったら変えるつもりだったらしい。

翌日になると、主人が私の汚い編上靴を指して、関谷さんにこういった。

「おい。正どんに靴を買ってやりなさい」

（一九八八年三月三日号）

❖法事

曾祖母（ひいそぼ）が死んだ翌年、その一周忌の法事に、私は生まれてはじめて、お寺に御経料というものを出した。

母の実家の寺では、焼香の前に、和尚さんが、御経料、御塔婆料を出した人びとの名前を高らかに読みあげる。金額はいわない。

私の御経料は、金一円だった。

曾祖母が遺（のこ）して、私にくれた巾着（きんちゃく）の中味は、すでにつかってしまっていたから、私は必死になって、小づかいをためたのである。

しかし、和尚さんに名前を読みあげられるのは、いかにも照れくさい。はずかしかった。そもそも自分がはたらいた金一円ではないのだ。

「和尚さんに、名前をいわないでくれと、たのんでおくれよ。いいかい」

と、私は母にいった。

母は笑いながら、法事の当日、和尚にはなしたらしい。すると老和尚は、

「曾(ひい)ばあさんの法事に、十か十一の子が御経料を出すなんて、立派なことだ。はずかしいことは少しもないと、倅(せがれ)にいいなさい」

そういった。

母は、親類の人びとに、このはなしをしたのはよいが、

「あんなろくでもない子でも、ほめられることがあるんだね」

よけいなことをいって、笑った。

いよいよ、法事がはじまった。

御経が終り、例によって老和尚が、御経料の名前を読みあげはじめた。私は緊張した。

私の、隣りに坐っていた母の従弟(いとこ)Tが、おもしろがって、しきりに指で私を突っつく。

しきりに喉が乾いた。

ついに、老和尚が、

「池波正太郎うじ」

高らかに読みあげたときの、はずかしさを、いまだにおぼえている。Tがまた指で突っつく。私はTを睨(にら)みつけた。

今年の夏、この寺で亡母の三回忌をいとなむが、私が好きだった老和尚も、すでに、この世の人ではない。


（一九八八年六月九日号）

❖古き、よきもの

長野市の善光寺・門前にあった旅館〔五明館(ごめいかん)〕へ、私が初めて泊ったのは三十年もむかしのことになる。そのころ、すでに五明館の名は東京にもきこえていた。泊ってみると、主人はじめ使用人のことごとくが客に奉仕するため、いかに心をくだいているかを、たちまちに感じて、以後は信濃へ行くたびに泊るようになった。

三十年前の手帖を見ると、当夜のメニューが記されてある。茹でたソラマメ、鯉こく、鮎の塩焼、鶏肉の蒸し焼、キュウリ・チシャ・トマト・ウドのサラダ、あわびとキュウリのワサビ醤油和(じょうゆあ)え、ナメコの白味噌椀、キャベツとシソの塩漬など、いずれも適量に程よく、すっきりと腹へおさまったことに「感嘆す。いずれも美味なり」と書いている。これは当時の五明館へ泊った人ならば、だれしも異論はあるまい。私の係の女中さんは金子ときという、上品な中年の婦人であったが、昨年、泊ったときに死去したことを知った。

むかしの長野市には明治・大正のモダンが残っていて、五明館の近くの〔歐風軒(おうふうけん)〕というレストランなどは、まるで田中冬二の詩に出て来るような店だった。大通りから一歩裏へ入れば白壁の土蔵がならび、星が降るような秋の夜道を善光寺の境内へ入って行くと、リンゴの香りが境内の闇にたちこめている。境内の露店で売っていたリンゴの香りが、まだ残っているのだ。

そうした信濃の、長野市のよいところばかりが一つになっていたのが五明館だった。夜は静まり返って物音一つきこえなかったが、近年はバイクの狂音が奥深い客室にまできこえてくるようになってしまった。こうなっては、むかしのままの五明館を存続させることが至難となったのも当然で、当代の主人・中沢敬さんは「お客様に責任がもてなくなった」として、ついに二百年つづいた宿の灯を消す決心をした。

木造十五棟、各棟を渡り廊下でつないだ五明館は、もう見ることができなくなった。古き、よきものは、滅びる現代である。

そして、新しい悪しきものがはびこる世の中となっては無念ながら、あきらめざるを得まい。

（一九八七年一月二十二日号）

❖汚染臭気

　あるホテルのバアで、人と待ち合わせていた私の背後の席に、五十がらみの立派な顔貌の二人の男が語り合っている。

　一人(A)は、ここ十年ほど東京をはなれ、地方都市で仕事をしていたのが、今度、東京へもどって来たらしい。別の一人(B)は、ずっと東京で暮している人で、二人とも、どこかの企業の幹部のようにおもえた。

　何しろ、すぐ後ろの席で語り合っているのだから、いやでも私の耳へABの、ことにAの声が、きこえてくる。聞くともなしに聞いていると、そのうちに二人の会話が何やら興味ふかい話題に転じはじめた。二人は企業の、しかも、どうやら建設関係の仕事にたずさわっているらしい。それだけに尚更、その言葉に引き込まれた。ことに、久しぶりで東京へもどって来たAの言葉に……。

知らず知らず、私はバアのメモへボールペンで、その人の言葉を書き取っていた。そのメモを、そのまま、つぎに書く。

〝コンクリート　コンクリート。

自動車　車輛　車輛。

渋滞　無策　企業反省。

バイク　狂人　狂暴　バイク。

狂音　狂音　荒廃。

排気ガス　排気ガス　毒ガス。

汚染臭気（おせんしゅうき）（この言葉を、このとき初めて聞いた）汚染臭気。

ガン　ガン。

二十一世紀　二十一世紀　荒廃。

ゾッとする　ゾッとする。

地獄　地獄　企業反省。

見たくない　見たくない〟

ややあって、東京に長く在勤しているらしいＢが重い口をひらいて、これまで友人Ａが暮していた地方都市について尋ねはじめると、Ａはただ一言、こうこたえた。

「地方も荒廃」

（一九八六年十一月二十日号）

◈甘ったれ（一）

上り新幹線のグリーン車へ、静岡駅から五十がらみの議員が乗り込んで来た。衆議院か参議院か知らぬ。新聞や雑誌でも見たことがない顔だが、バッジはまさに議員のもので、秘書らしき女性をしたがえ、突っ支い棒を支ってやりたいほどに反っくり返って入って来るや、中央のほどよき席へ腰をおろし「ウハハ、ハハ……」と意味もなく大笑する。

そこへ車掌が来て「この席には、小田原から乗るお客さまがあります」というと、陣笠め、洋服につけたバッジを指して「ボクはコレだよ」と、こたえる。

車掌は「なんであろうと、この席はいけません。こちらへお移り下さい」と、近ごろめずらしく骨のあるところを見せた。

陣笠は舌打ちを鳴らしたが、どうしようもなく、他の席へ移った。移ったとおもうと大声で「中曾根君はネ」とか「金丸のジイサン」とか「安倍は……」とか、他の乗客に、きこえよがしの大声を張りあげる。

乗客いずれも顰蹙したが、こやつ、勘が鈍いとみえて「いやあ、今度は何とか彼んとかで六十万円もつかってしまった」と鼻の穴をふくらませた。すると秘書らしき女が「でも、センセイには後でボカスカ入りますから」と、妙な手つきをしてみせる。この女も大声だ。議員は「フム、フム」と、うなずきつつ、乗客の顔を見まわす。恬として恥じない。

乗客一同、呆れ果てた。こういう、すれっからしの甘ったれ議員が実際にいるのだ。プロの政治家ではない。素人である。素人でも、甘ったれでも、数の内だから公認してやるのだろう。甘ったれを甘やかしているのだ。きわめて少いが懸命に政治をしようとしている政治家も、目をつぶっているにちがいない。

いまは、あらゆる分野に、このような甘ったれと素人が蔓延るようになってしまったが、政治の甘ったれがもっとも困る。何となれば国の命運にかかわるからだ。

議員の数を、一日も早く減らすべきだろう。

（一九八六年十二月二十五日号）

❖甘ったれ(二)

友人のM君が、げっそりとした顔をして訪ねて来た。

若者に人気のある評論家へ依頼した原稿が締切り十日すぎてもできあがらず、ついに断念したという。評論家は「君なんかに、物書きの修羅場(しゅらば)がわかってたまるか」と、きめつけたそうな。

こやつも、甘ったれの一人だ。

プロの物書きなる者が、おのれの仕事を修羅場といったり、原稿の一字一句を血のにじむおもいで埋めているなどといったら、心ある人びとの失笑を買うばかりだ。

修羅場もヘチマもない。書くものがないのだ。才能が枯れてしまったのだ。頭がカラッポなのだ。

そして、この甘ったれ評論家は、おのれの修羅場を言いたてても編集者の修羅場については全く無知なのである。こんな甘ったれを甘やかしているのは、ほかならぬ一部の編集者なのだ。

甘ったれた物書きでも、ページの埋め草にしなくてはならぬから、ついつい甘やかしてしまうのだろう。会合の約束の時間が守れない甘ったれもいる。集まる他の人びとの時間を土足で踏みにじっていることに気がつかないのか……知っていて守れないのか……どちらにしても、甘ったれにちがいない。

どこにも、甘ったれが増えるばかりだ。甘ったれの日本になってしまいつつある。

企業のほうでも、重要ポストの椅子にしがみつき、勲章ほしさに引退せぬ能なし爺(じじい)が多くなり、はたらき盛りの連中は困りはてている。仕事がすすまないのだ。

甘ったれは、通常の人間以下の生きものだ。

セリフが満足にいえぬ役者、ヒゲを生やした物書きなるもの、素人(しろうと)以下の画を描いて金をもらう漫画家など、いまでは、めずらしくもない。

物書き、政治家、タレントは、常識などに関わっていられないというのなら、たった一人で生きるがよい。

しかし、甘やかされた甘ったれにかぎって、やたらに〔表〕へ出たがる。

（一九八七年一月一・八日新年特大号）

※開発と野良猫

住所も名前も書いてない読者から、およそ、つぎのような手紙をもらった。

「いま、地揚げ屋という人種が、下町の家（主として借家）を、つぎつぎに取りこわしています（トウフ屋、銭湯、乾物屋がなくなりました）。東京は、人間の暮しを取りあげられつつあります。近い将来に、東京はビルだけの町になり、人間の営み（いとなみ）を失った町になるでしょう。私の家の近くに、野良猫が一匹、住みつきました。あまりに、ひもじそうなので食物をあたえていましたが、マンションの住人たちが風紀・衛生上よくないし、文化的生活の邪魔になるというので三味線屋に知らせてしまい、おとなしい野良猫の姿は消えました。何も悪さをせず、人を見ると寄り添って来るだけの猫でしたが……」と、ある。

古来、人間の生活と深い関係をたもちつづけてきた、この小動物にも東京における命運が切迫してきたようだ。猫への好き嫌いは別として、いまの東京は野良猫一匹の存在をゆるさぬ冷酷非情の都会と化しつつあるのか。

先ごろの新聞は、環七の内側を中高層化するため、これまでの規制を緩和しようとする密謀がすすめられつつあることを報じた。品川区の片隅の小さな私の家にも危急は迫りつつある。都知事は、やたらに「マイ・タウン東京」を連発し、企業のスローガンは〔開発〕の二字と決まっている。開発とは、山地や野原を切りひらくことだと辞書にも出ている。

これだけメチャメチャにしてしまった東京だ。この上の開発など、まっぴらごめんをこうむりたい。いまとなっては手遅れかも知れないが、車輛と人口の増加を喰い止めぬかぎり、その恐るべき影響は有形無形のうちに人びとの心身を蝕むであろう。もっとも、それが「マイ・タウン」だという人びとも増えているにちがいない。

無名の読者の手紙は「日本は子供と女に媚びて堕落しました。女の私でさえ、それを強く感じます」と結んであった。

（一九八七年三月十二日号）

❖マユとヒゲ

何の気もなしにテレビをつけたら〔銭形平次〕の捕物帳をやっていた。三下奴のような平次が出て来たとおもったら、平次の女房が例によって眉をつけたままであらわれた。眉も剃らないのだから、むろんのことに鉄漿(おはぐろ)もつけない。これは、いまやテレビのみか、映画や舞台でもめずらしいことではなくなってしまった。

江戸時代の人妻は、かならず眉を剃り鉄漿をつけた。それがまた、人妻の色気、美しさを際立たせて見せたのである。テレビの平次の女優は愛らしい顔だちをしているのだから、

故実に則った若女房の姿で出れば、もっと引き立ったろう。眉は固いビンツケを塗れば、すぐに消えるし、鉄漿は役者用のものがあるから、それを火で焙り、歯につければよいし、ティシューでふけばすぐにとれてしまうのだが、いまの女優は、ほとんどやらない。

もっとも、故実を心得ている女優が眉を落し、鉄漿をつけてくると、演出家によっては「うわあ、気味悪い。そんな顔にするのはよしてよ」と、いうそうな。

旧冬にテレビでやった〔忠臣蔵〕では、世に知られた大ベテラン俳優がむさ苦しい顎鬚をつけて、吉良上野介を演じた。当人は「吉良がヒゲをつけていたか、いないか、そんなことはわかるはずがない」と、いったらしいが、吉良は絶対にヒゲをつけていないのである。吉良は四位少将・高家筆頭という身分があり、将軍の使いで天皇に拝謁するほどの人物だ。もともとヒゲは顔貌に〔威張り〕をあたえるためのもので、なればこそ、戦国の時代には上にも下にも流行したが、徳川の天下となった江戸時代の、元禄のころともなれば、身分のある武家はヒゲをつけぬ。浪人は別だ。

そもそも役者というものはヒゲをつけず、ヒゲが必要な役を演じるときはツケヒゲをするのが本当だ。歌舞伎の役者で、平常にヒゲを生やしている者は一人もいない。


（一九八七年六月四日号）

❖気学

「九紫火星(きゅうしかせい)」の文を読まれた方々から、手紙や電話をいただき、恐縮している。気学は占いではなく、法則の学問だが、私の研究は初歩の段階にあり、自分の体験や統計が充分ではない。気学による盛運期(せいうんき)四年、衰運期(すいうんき)五年にも、いろいろな見方があって、私が種々の文学賞を受けたときは、いずれも衰運期だった。気学は、人間に〔謙虚(けんきょ)〕を教える学問である。人それぞれの、盛運、衰運両期における生活のすごしかたが、さまざまな形で両期にあらわれるといってよい。

毎年、秋になると、翌年の〔暦(こよみ)〕が書店で売り出される。その暦が気学の基本なのだから、丹念に読まれることが、この道へ入る第一歩だ。自分の星が何であるかも、すぐにわかる。私などに尋ねるよりも、暦をじっくりと読まれることをおすすめしたい。

さらに深く、気学の道に入りたければ、大きな書店へ行き「気学関係の本はありますか?」と尋ね、その初歩の本から読みはじめるのがよいとおもう。それからは、たとえば神田の古書店をまわり、気学関係の本を探すことになる。何事も深く知ろうとすれば時間もかかるし、相応の努力も必要なのだ。

そして、自分の体験と照らし合わせ(なるほど)と、おもうような本が見つかったら、その本の著者に教えを受けるのがよいとおもう。私も、おそらく気学についてのエッセイ

を書くことになるとおもうが、それは数年後のことになるだろう。まだ、自分の体験が充分ではないからだ。

私が書いている小説にしても、はじめの伏線が、後にさまざまな形となって一篇の物語をつくり、主題を奏でるわけだが、人生もまた、大小の、目には見えぬ伏線が、後に形となってあらわれる。気学は、そのことを教えてくれるが、自分のことになると、わかってはいても、つい無謀のふるまいを起すことになりかねない。私は気学を研究しはじめてから、あまり無謀なことをしなくなったようにおもう。私は六白の星で、衰運のどん底が三年後にやって来る。この衰極にそなえ、いまから、種々の方法を考え、実行に移しつつあるところだ。

（一九八七年六月十八日号）

❖越中・井波

数年前までの私は、年に一度、かならず、亡きH先生に人相と手相を見ていただいたが、そのたびに「あなたは、いまの御宅では亡くなりませんよ」と、いわれた。先生の言葉は、これまでに、ほとんど適中したものだが、このことだけは腑に落ちなかった。

ところが数年前に、私の父方の先祖が宮大工をしていた、越中（富山県）井波を訪れ、土地の人びととの親切な心にふれるにおよんで、この井波を最後の地にしてもいいなと感じた途端に、H先生がいわれたのは、このことかも知れないとおもった。

井波は、人も知る伝統工芸の木彫の町

として知られている。私の先祖は、天保のころに、井波から江戸へ移り、宮大工をつづけ、この職業は、私の父方の祖父の代まで引きつがれてきた。その血は、亡父にも私にもながれていることをみとめざるを得ない。細工物が好きだった父は、祖父の跡をつげばよかったと、いまにしておもう。そうすれば、父の挫折はなかったろう。もしやすると、私も大工になっていたかも知れない。

　こうしたこともあって、私の心は、しだいに井波へかたむいて行ったのだ。井波に近い利賀の山中の、過疎村では、堂々たるかまえの家が土地つきで数百万円（これなら、私にも買える）で売りに出されていると聞き、心をひかれたこともあるが、体力もなく、車の運転もできぬ私では所詮むりだった。

　しかし、このごろは、井波が自分の最後の地ではないような予感がしている。けれども、東京の現在の家では死なないような直感が、日に日に強くなってきていることも事実だ。

　身の毛がよだつような東京の変貌に、ついて行けなくなっている所為もあるだろうが、それればかりではない。仕事も小説だけではなく、先祖の血を活かした、ほかの手仕事をするようになるだろうという予感がしている。私の人生は残り少なくなったが、何となく、これからの余生に、得体も知れぬ興味と期待が、わき起ってきた。

（一九八七年六月二十五日号）

❖遷都

東京は、いよいよダメになった。人口と車輌の増加による氾濫（はんらん）は、ビルを建てるだけでは間に合わぬ状態となった。都の推計では、これより十年ほど後までに、千代田、中央などの都心五区に霞が関ビルに換算して、百棟前後のビルが必要になるという。冗談ではない。

東京湾を埋め立て〔東京臨海副都心〕なるものを、長い歳月と巨額の費用を投じて建設する〔都心開発基本構想〕なるものをまとめたそうだ。冗談ではない。

もともと、東京都は、そのような大それた構想を実現させるだけの財産も実力もない。したがって地元自治体の権限はまことに弱く、車輌があふれて来ると、いちばん面倒がからぬ河川の上へ高速道路を架（か）ける程度の実行力しかもっていないのである。河川という河川は埋めつくしてしまったから、今度は海だという。冗談もいいかげんにしてもらいたい。都知事の「マイ・タウン」の夢は、汚染臭気を浴びて枯れてしまった。これ以上、東京の人心を荒（すさ）ませないでもらいたい。では、どうするか……。

国と都は……というよりも、国の政治力をふるって、いまこそ、遷都（せんと）の構想に取りかかるべきだ。日本の首都を他県へ移すべきではないか。東京を故郷とする人びとは、切に、それを願う。現東京は明治維新以来百二十年にわたって首都の役割を果して来たのだから、

もう、御役御免にしてもらいたい。

国がいま、遷都構想に踏み切れば、すべてとは行かぬまでも、諸々(もろもろ)の悪化事象が、好転するのではないかと、私はおもう。新首都の建設に向って、いまだに、雨も降らせることができないテクノロジーを使い、好きなようにやったらいい。

江戸から東京になった〔歴史〕を、いま尚、美しくとどめている皇居と天皇御一家と、文化的な環境と施設のみを現東京へ残し、政治、企業の中心は、すべて新首都へ移り、日本は二十一世紀に向い、歩を進めるべきだ。

（一九八七年七月三十日号）

❖プラネタリウム

　風も絶えた曇り日の午後。あまりの蒸し暑さと不快さにたまりかね、折しも通りかかったT会館の二階で、冷たいものをのんだ。

　そのとき、どういう連想がはたらいたものか、私は、この会館の最上階に〔プラネタリウム〕があることを、突然におもい出した。ちょうど、時間をもてあましていたところだったし、おもいつくと、何となく胸が弾(はず)んできた。

　プラネタリウムで星を見るのは、生まれて初めてだった。現代の東京の空は年毎に狭くなり、大気も濁(にご)って、むかしの小学校の読本(とくほん)に「満天の星は、宝石を散りばめたるごとし」と、あっ

たような星空を、めったに見ることはない。

T会館・プラネタリウムへ行くと、しばらく待ってから、午後四時の投映時間に入ることができた。白い半円型のドーム・スクリーンの一角に、人工衛星のような投映機が据(す)えつけられてある。入場者は、きわめて少かった。

椅子を倒し、仰向けになって真上のドーム・スクリーンをながめているうちに、何だか眠くなってきた。そのとき、解説者の声がきこえはじめたかとおもうと、場内は暗くなり、スクリーンは八ヶ岳山麓のシルエットへ沈む夕陽の光景となる。そして、たちまちに夜となり、天空は漆黒(しっこく)の闇となった。この瞬間の、息をのむような感動を何にたとえたらよかったろう。何となく、母胎の闇の中へ帰って行くようなおもいがした。

スクリーンの星空で感動したのは、戦前の、築地小劇場のホリゾントがつくり出した深い、美しい星空だったが、これは舞台のもので、芝居が進行している中での星空である。プラネタリウムのそれは、星空のみが自分の心身をおおいつくす。解説者が語る星座については無知の私だったが、スクリーンの東京に朝が来て、星が消えるまで、私は全く放心状態であった。

場内が明るくなったとき、私は、通路をへだてた席にいる旧友のEを見出した。Eは「此処(ここ)は、疲れがとれていい。ぼくは月に一度は来る」と、いった。


（一九八七年九月十日号）

❖エディ王子

去年の秋ごろ、アメリカ・カリフォルニア州ギルロイの町に空巣があらわれた。

私が、このことを知ったのは、日本の新聞の片隅に小さく記事がのっていたからである。

空巣は、留守の家へ無断で侵入し、金品を盗み去る泥棒のことだが、このギルロイの空巣は金を盗ることをしない。

それなのに、何故、警察の耳へこれが入ったかというと、何分、小さな記事なので、くわしいことはわからない。

しかし、空巣に入られた被害者(?)は、たぶん、独身の男性であろうと、私は推察する。

被害者は、警察の調べに対して、こういっているそうな。

「私は、犯人を知っています。けれども、告訴はしません」

どうも、わからない。

何故ならば、この空巣は犯行をしていないからだ。犯行をせず、食べ残しのくっついた皿や鉢をきれいに洗い、家の中を掃除し、洗濯物にアイロンをかけ、きちんとたたみ、あるときは、新しいカーテンに掛け換えたりする。

「どうも、はなしがよくわかりませんなあ」

警察は、尚も、その家の主人を問いつめると、主人は、

「仕方がない。それでは、これをごらん下さい」

と、一枚の紙を出して見せた。

その紙には、こう書いてあった。

「ご心配なく。私の父はスペインの王族です。私は盗みはしません。これからも、掃除に参上することをおゆるし下さい。エディ王子より」

それでも警察は、内密に調べたらしい。

その結果、犯人（？）がわかることはわかった。それは近所に住む十二歳の少年で、この家の主人と友だちになりたかったのが、珍妙な空巣の動機だったという。

この記事を読んでから数日の間、私は妙に気分がよかった。

（一九八八年一月十四日号）

❖犬と猫

旧臘も押しつまった或日、知人のHさんが急死した。心臓がいけなかったのだ。

近ごろ、自分より年下の知人が、つぎつぎにあの世へ旅立って行くのは、まことにさびしい。

このほど、Hさんの未亡人が訪ねて来て、いろいろとはなしていったが、その中で、もっとも私の胸にこたえたのは、Hさんの愛犬二匹のことだ。

Hさんの遺体が病院から自宅へ帰って来て安置されると、だれよりも先に、その前へ来て、うなだれたまま、動こうともしなかったというのである。

私の亡師・長谷川伸にも二匹の愛犬がいて、先生が亡くなられたお通夜の日、

書庫の外壁のところに並んで、いかにも哀しげに泣きつづけていたものだ。いまだに、その声が耳についている。

その二匹のうちの一匹が生んだ仔犬をもらって「クマ」と名づけ、私が飼った。亡母がクマを可愛がり、クマが重病になったときは、自分の部屋へ入れてしまうほどだったが、クマは亡母より十八年も前に死んでしまった。

亡母が猫や犬を可愛がるのは、少しでも自分の寿命を延ばしたいという欲から出たものだけれども、あるいは功徳になっているかも知れない。

このように、人間と犬とは何か、情の通い合うところがあるが、猫はちがう。

ふしぎに私の家では、太平洋戦争中は別として、飼猫が絶えたことがない。猫は魔性のものだそうだから、例外はあるとしても、人の心がわからない。しかし、死を迎えたときは、犬よりも苦しみに耐えぬき、悠然と死ぬ……ように見える。

今年になって、また一匹、猫が増えた。この猫が我家に転げ込んで来た日は、母の命日で、家人が捨てかねたらしい。

猫どもは、母が死んだときも憎らしいほど平然としていたが、彼らには、私の仕事が行き詰ったとき、何度か助けられている。私は猫の小説をいくつか書いた。

（一九八八年四月十四日号）

◈佐土原先生

このほど、私の現代小説「原っぱ」が出版される。

久しぶりの現代小説なので、私にしては、めずらしく〔創作ノート〕をつくったりした。

もっとも、五、六ページ書いたら、やめてしまったが……。

この小説に、主人公が小学生のころに教えをうけた佐土原(さどはら)先生という人物が、浮浪者として登場する。

某誌に連載中、私と同じ小学校を卒業した人びとから、

「佐土原先生は、○○先生ではないのか？」

「どう考えても、××先生におもえてならない。××先生は、いま、どうしていますか？」

とか、問い合わせが度び度びあった。

佐土原先生は、小説の中で、九州の出身となっているが、私が教えられた九州出身のK先生は、すでに亡くなられた。

佐土原先生は、私が人から聞いたはなしや、小説の主題を奏(かな)でる人物として、さまざまなモデルを、一人にしぼって、つくりあげたものだ。○○先生でもなければ、××先生でもない。

私が小学生として教えられた先生は三人で、いまはT先生のみが健在である。時代小説

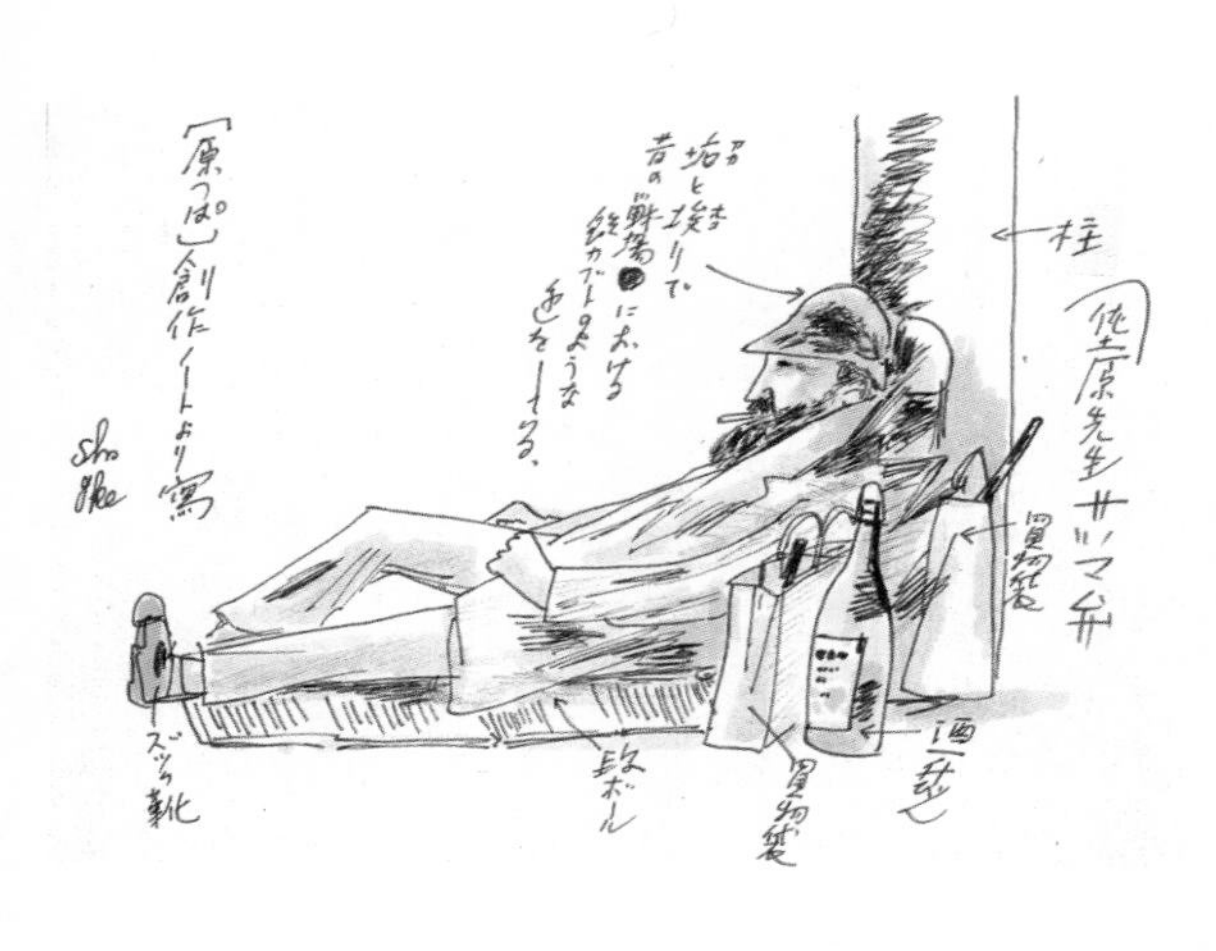

とちがって、現代小説を書くと、このような反響がある。よくよく、気をつけなくてはならぬ。

さりとて、三人の先生のイメージが全くないか、というと、そうでもない。少しずつ、知らず知らず、三先生のことも書いているのだ。

これからも私は、現代小説を書けたら書きたいとおもっている。その取材のために、近くフランスへ出かけるつもりだ。

「原っぱ」では、自分で挿画も描いた。それを見て、

「どうみても、あの顔は××先生です。あなたが何といおうとも、自分は信じています」

と、断言する人もいるが、さすが同級生は何もいわない。

同級生なら、佐土原先生が三人の先生を書いたのではないことを、わかってくれるはずだからだ。

（一九八八年四月二十八日号）

❖農家の嫁

「ル・パスタン」の八十三回目、「フランス日記（三）」を読まれた人から投書があった。名前が書いてないので、本誌（『週刊文春』）の投書欄にはのらなかったが、ちょっと、心をひかれたので紹介したい。

ハガキの文面、つぎのごとし。

「日本の穀物の自給率が落ち込んだ一番の理由は、農家へ嫁が来なくなったことです。まがりなりにも自立する女が増えた上、土地の値上り等で豊かになったと思い込み、結婚の高望みが増え……」

とあって、近年は、有名大学を出た男でも、「デブ、チビ、ブオトコは嫌（いや）！」という女性が多くなったそうな。

いまは、農村の将来への展望に希望が

もてなくなり、土地を売る人びとが多い。

　この投書は、私が推測するに、農村に住む中年の婦人だろうとおもう。

　いまの農村で、頭はよいが、容姿がすぐれていない男は、大変な結婚難になっているという。

「だんだん非婚者が増え、子や孫のために働く人が少なくなるにつれ、農業が不振になった、それが第一の原因と存じます」

　と、投書者はいう。

　都会でも、自分の子を、現代の教育制度にゆだねるのは、「不安だし、嫌だ」そういう男もいる。

　小学校から男女共学をさせるから、女は男のようになり、男は女のようになってしまう。これまた、将来への展望が、まったく見えてこないのである。

　子供が親を殺し、親が子を殺す事件が頻発（ひんぱつ）して、めずらしくもなくなった。たしかに恐ろしい時代が目の前まで迫って来ているのだ。

「こうした状態は、やがて、農村のみならず、他の職業に普及し、百年後の日本は無力化してしまうでしょう」

　投書は、そう結んであった。


（一九八八年九月二十二日号）

せっかち

フランスへ旅立つ前に、印刷屋の主人から、

「今年は、年賀状がバカに遅いですね。早く注文を出して下さい」

と、電話があった。

確かに例年にくらべて遅れている。いつもは書きはじめているところだ。毎日、十枚、二十枚と書きつづけ、ようやく千数百枚の年賀状を書き終えると、もう十二月に入っている。

「あの人は、せっかちだねえ」

「だけど、そのかわり、原稿の締切りには遅れたことがない」

「何事にも前もってすすめておかないと、気がすまないらしい」

「いつまでつづくかね。何しろ、あの人も年をとったからね」

編集者たちは、陰でそういっているらしいが、私のせっかちも、そろそろ息切れがしてきた。

私の年賀状は、十二支の絵を自分で描いたもので、そうなってから十五年余になる。

フランスから帰国すると間もなく、あわただしく注文しておいた年賀状が刷りあがってきた。来年は巳(み)の年だから〔蛇〕の絵だが、十二支のうち、この蛇がもっともむずかしい。どう描

いても気味が悪いし、絵ごころをそそられない。

「いやぁ、とてもいいですね。なかなか、ああいうふうには描けないものです」

印刷屋の主人は、そういってくれたが、自分では、いいとおもえなかった。近いうちに私は、またヨーロッパへ行くので、その前に全部、書いてしまおうとおもい、やりはじめたが、三分ノ一ほど書いたところでダウンしてしまった。六十をすぎた自分には千数百枚の賀状を書くのがムリになってきた。自分で宛名を書けぬくらいなら、いっそ、やめてしまおうとおもった。

本気で、そうおもいながら、

(巳のつぎは、午の年か……馬の絵なら描きたい。そうだ、スペインのグラナダの宮址で見た、観光用の馬でも描こうか……)

せっかちは、年をとっても直らない。


(一九八八年九月二十九日号)

❖散歩

去年、体調をくずし、あまり外出をしなかった所為(せい)か、今年になってから、めっきりと脚力がおとろえた。

若い友人たちは、

「よぼよぼしてきたね」

「十年前には、一緒に歩いていて、ぼくたちが追いつけなかったほどだ」

陰でもいっているだろうし、面と向ってもいう。そして、しきりに散歩することをすすめる。

いまの私に散歩が必要なことはわきまえているが、その散歩が危い。私の家の周囲は小道ばかりで、これを抜けて表の商店街へ出ることが、ひところの私の日課でもあった。しかし、いま

は、トラック、乗用車、モーターバイクが大通りの渋滞を避けて小道を探し出し、スピードも落さず、つぎからつぎへと疾走（しっそう）して来る。全く油断はできない。近所の主婦は「大げさないい方ですけれど、買物へ出るにも命がけです」などという。私の散歩は、いつしか熄（や）んでしまった。

だが、一つだけ、私の好きな散歩道が残されている。近くにあるＨ薬科大学の運動場に沿った細道がそれだ。道幅は約一メートル。これでは車輌が入れない。校内の並木路をふくめて百メートルも行くと、通りへ出て、とたんに車輌の洪水となる。いかにも距離が短い。

タクシーや乗用車が多く、スピードも落さない、フランスのパリで、何とか人間が散歩をたのしめるのは、パリ市が昼間、市の中心部へトラックを入れないからだろう。そのかわりにセーヌ川を荷物の運搬に利用させているらしい。東京にも辛（かろ）うじて隅田川が残っているけれども、パリ市のような行政力は国にも都にも期待できない。急激に車輌が増え、限度がきている。そして夜になると、車も人間も都内から消えて行く。

東京は、何とも奇妙な都市になってしまった。

こうして、氾濫（はんらん）と減退を毎日繰り返している東京は、人間でいえば、それこそよぼよぼのじじいになってきているのだ。

（一九八八年十月六日号）

散髪

男は、自分に都合のよい床屋を見つけるまでに、相応の時間がかかる。自分の職業、生活環境によってえらぶことになるが、自由業の私でも、いまは自宅から遠い神田の理髪店へ行く。自宅の近くになじみの店があればよいのだが、なかなかに決まらない。

もう、髭を剃るのも面倒な年齢になってしまった私だが、何よりも、職人の仕事が早くて、清潔な店でなくてはならない。床屋へ行く前の日には髪を洗い、当日は簡単に髭を剃っておいて、髭剃りは一回にしてもらう。そのほうが早くすむ。

髭は、いくらきれいにしても一日たてば伸びてしまうのだから、毛穴をほじるように剃らなくてもよい。

むかしは〔まわりの髪結い〕といって、大きな商家などでは決めた日に、鬢盥（髪結い道具や油が入った箱）を提げ、まわって来る髪結いに髷を結ってもらった。その実態を芝居にしたのが、黙阿弥の〔梅雨小袖昔八丈——髪結い新三〕である。

江戸の商家はいそがしいし、客を相手に立ちはたらくのだから、いつも髪をきれいにしておかなくてはならない。男のみか、女の髪も同様で、女の〔まわりの髪結い〕も、むろんのことにいたのだ。

私は数年前まで、近くの床屋の妻君にたのみ、二十日に一度ほど家に来てもらった。電

話をかけると、直(す)ぐに飛んで来てくれる。

書斎に薄縁(うすべり)を敷き、頭をやってもらった。髪をハサミで切りそろえ、生(は)えぎわと額(ひたい)を剃ってもらうだけでよい。この妻君は手ぎわがよかった。この時期は、数年にわたって、私の散髪は安定していた。物書きのような職業には、これがもっとも便利だ。

何事にも便利になった世の中だが、散髪だけは、電気仕掛けというわけにはまいらない。

でも、そのうちに〔出張理髪〕という職業も復活するかも知れないと、ひそかに期待をしている私だ。

（一九八八年十月十三日号）

解説　「ル・パスタン」の頃

彭　理恵

「ル・パスタン」、路地裏の喫茶店にありそうな響きだが、かつて週刊文春に連載されていた池波正太郎の画文エッセイのタイトルである。

新連載のタイトルをどうしようか、これまで小説の題名は池波さんご自身がサラっとつけてピタリと決まっていたのに、このエッセイはかなり悩んだ。

当初、池波好み、通の選択、みたいなタイトルもろもろを提案するも、「それはイヤミだな。ダメだ」と即、却下された。

「じゃあ、ヒマつぶし、なんていうのはとんでもないですよね」とダメもとで恐る恐るいってみたら、「いいじゃないか。ごたいそうじゃないところがいいな。それ、フランス語だとなんだ?」「自分の趣味や特技を謙遜して、フランス語で時間つぶしというんですが、それだったらル・パスタンかな。あと、画家のアングルは趣味のヴァイオリンが玄人はだしだったので、アングルのヴァイオリン、っていうのもあります」「そのパスタンがいいよ。パスタンにしようや」という経緯で「ル・パスタン」という耳慣れぬ題に決まった。

まあ、いま思えば、たぶんに当時フランスかぶれだった池波さんと担当編集者のせいである。

還暦を過ぎてからの池波さんは、ジャン・ギャバンとルノワールに自身の老い方を投影していた感があった。

担当だったわたしは、新しく出来たミニシアターに足繁く通い、美男美女が出てこない等身大のフランス映画を観ては、宝くじが当たったら会社を辞めてフランスに住んでみたいなあ、と思っていた。

というわけで、親子ほど年の離れた日本史に疎い担当でも、それなりに話が合っていた気がする。

「ル・パスタン」は毎週一ページの連載で、「画はできるだけ大きくしてくれよ、原稿は四百字に三枚弱で、すきな画を描けるんだな、いいねえ、おもしろそうだな」と昭和六十一年十一月に始まった。池波さんなら朝めし前かと思いきや、しばらくして、「とんだものを引き受けてしまったよ。これはなかなか大変だ」とボヤいてらした。

こちらは真に受けず、むかしの話をもっと読みたいです、などと気楽にお願いしていたが、いま、ページを開いてみると三十年の歳月を経て、時代が改めて証明している池波さんの至言の数々に驚く。

文庫は四部構成で、Ⅰは食の記憶、Ⅱは映画と芝居、Ⅲはフランスとヴェニスの旅日記、Ⅳは思い出と嘆き（時に憤怒）、といった感じでまとまっている。

心に残る箇所は人それぞれなので、説明不要と知りつつも、参考までにいくつか書き留めておきたい。解説というより回想、メモワールです。

何度読んでもたまらないのは、「ホットケーキ」と「祇園小唄」だろう。

そしてこの原稿をいただいた時に、話されたことが忘れられない。

「ぼくだって五歳までは父と母に囲まれて幸せに暮らしてたんだよ。両親に大事にされてたその時の記憶があるから、生活が変わっても大丈夫だったたんだな」

だから、生まれてから物心つくまでの子供はうんとかわいがらなくてはいけない、と。

いつの頃からか、「文豪の愛したホットケーキ」と呼ばれるようになった神田須田町にあった万惣（まんそう）のホットケーキだが、池波さんにとっては特別な存在だったことがわかる。

池波さんは映画と同じくらい歌舞伎にも詳しかった。そして、三十年以上前から、歌舞伎の危機はこれまでとは違う、このままじゃいい役者がいなくなるよ、と憂えてらした。

当時五十代の中村富十郎さんだけをしきりに褒めていた。褒め過ぎのような気もしたが、それは、世の中はこの人物をもっと評価すべきだ、という池波さんの怒りにも似た義侠心のように感じられた。

果たして、歌舞伎と富十郎丈のその後は、池波さんの目が狂っていなかったことを証明している。

「フランス日記」に記された旅の一番の目的は、エソワという村に行っておきたい、であった。そこでルノワールが夏を過ごしたという石造りの家を眺めつつ深呼吸をし、お墓参りも済ませ、満足げに頷いていらした。

ちなみに、献立表だけはきちんと読めるようにしとけ、といわれて通訳で同行したわたしの取材ノートには、殴り書きがたった一行残っていた……「エソワへの道、けっこうこやしくさい」。

パリへ戻る前に、池波さんがフランスの田舎を愛するきっかけとなったバルビゾンの宿にも泊まろうということになった。そこでの旧知の給仕長と池波さんとのやりとりは、言葉は違うのに互いの気持ちが通じ合っていて、フランス映画の邂逅の名場面を見ているようだったのを思い出す。

余談ながら、このバ・ブレオーにはかつて昭和天皇が訪れていて、その時の逸話がまたたまらない。

それは、エスカルゴをいくつ召し上がりますか？　と尋ねた通訳が、三個ですか？と聞き返したという。

昭和天皇は「サンク（五個）」とフランス語で答えられていたのである。


歳月と共に池波さんが通っていた店はだいぶなくなってしまった。

なかでも万惣の閉店は残念だったが、「冬はホットケーキよりもこっちだな」と粟ぜんざいのお相伴にあずかった同じ須田町にある竹むらが、アニメ（ラブライブ！）の聖地巡礼で賑わっていると知った時の衝撃もかなりのものだった。

いま、この文庫を片手に食べたいもの、食べられるものは、なんだろう。

「稲荷ずし」を読みながら、池波さんの好物だった神田志乃多寿司のおいなりさんがいいかもしれない。シャキシャキの蓮根が酢飯に混ざっているが、至って普通のいなり。近年、また東京のデパ地下でも買えるようになった。

もっとおいしいものは山ほどあるし、日本全国から気軽に取寄せできる時代になったが、池波さんのエッセイに触れると「うまいまずいよりも思い出とともに食べる味のこたえられなさ」を自分なりに探してみたくなることだろう。

週刊文春の「ル・パスタン」の連載は昭和六十三年十二月まで続き、それからほどなく昭和が終わり、馬の画の年賀状を描くことなく池波さんは旅立たれたのである。

二〇二二年一月

池波正太郎さんの生誕九十九年に思いを寄せて

（元週刊文春池波担当編集者）

1988年9月、ドイツ、フランスを旅したあと、
イタリアのヴェニスにて

初　出　「週刊文春」一九八六年十一月六日号～一九八八年十二月一日号
単行本　一九八九年五月　文藝春秋刊
本書は一九九四年に刊行された文春文庫の新装版です。

本作品の中には、今日からすると差別的表現ととられかねない箇所があります。しかし、作者が故人であり無断での表現変更はできないこと、また作者に差別を助長する意図がないことは明白ですので、あえて旧版時のままといたしました。読者諸賢のご理解をお願い申し上げます。

文春文庫編集部

文春文庫

ル・パスタン

定価はカバーに
表示してあります

2022年2月10日　新装版第1刷

著　者　池波正太郎（いけなみしょうたろう）
発行者　花田朋子
発行所　株式会社 文藝春秋

東京都千代田区紀尾井町3-23　〒102-8008
TEL 03・3265・1211(代)
文藝春秋ホームページ　http://www.bunshun.co.jp

落丁、乱丁本は、お手数ですが小社製作部宛お送り下さい。送料小社負担でお取替致します。

印刷製本・凸版印刷

Printed in Japan
ISBN978-4-16-791833-0

（　）内は解説者。品切の節はご容赦下さい。

池波正太郎　編
鬼平犯科帳の世界

著者自身が責任編集して話題を呼んだオール讀物臨時増刊号「鬼平犯科帳の世界」を再編集して文庫化した、決定版〝鬼平事典〟……。これ一冊で鬼平に関するすべてがわかる。

い-4-43

池波正太郎
蝶の戦記（上下）

白いなめらかな肌を許しながらも、忍者の道のきびしさに生きてゆく於蝶。川中島から姉川合戦に至る戦国の世を、上杉謙信のために命を賭け、燃え上る恋に身をやく女忍者の大活躍。

い-4-76

池波正太郎
火の国の城（上下）

関ヶ原の戦いに死んだと思われていた忍者、丹波大介は雌伏五年、傷ついた青春の血を再びたぎらせる。家康の魔手から加藤清正を守る大介と女忍び於蝶の大活躍。（佐藤隆介）

い-4-78

池波正太郎
忍びの風（全三冊）

はじめて女体の歓びを教えてくれた於蝶と再会した半四郎。姉川合戦から本能寺の変に至る戦国の世に、相愛の二人の忍者の愛欲と死闘を通して、波瀾の人生の裏おもてを描く長篇。

い-4-80

池波正太郎
幕末新選組

青春を剣術の爽快さに没入させていた永倉新八が新選組隊士となった。女には弱いが、剣をとっては隊長近藤勇以上といわれた新八の痛快無類な生涯を描いた長篇。（佐藤隆介）

い-4-83

池波正太郎
雲ながれゆく

行きずりの浪人に手ごめにされた商家の若後家・お歌。それは女の運命を大きく狂わせた。ところが、女心のふしぎさで、二人の仲は敵討ちの助太刀にまで発展する。（筒井ガンコ堂）

い-4-84

池波正太郎
夜明けの星

ひもじさから煙管師を斬殺し、闇の世界の仕掛人の道を歩み始める男と、その男に父を殺された娘の生きる道。悪夢のような一瞬が決めた二人の運命をしみじみと描く時代長篇。（重金敦之）

い-4-85

（　）内は解説者。品切の節はご容赦下さい。

池波正太郎
鬼平犯科帳　決定版（一）
人気絶大シリーズがより読みやすい決定版で登場。「啞の十蔵」「本所・桜屋敷」「血頭の丹兵衛」「浅草・御厩河岸」「老盗の夢」「暗剣白梅香」「座頭と猿」「むかしの女」を収録。（植草甚一）
い-4-101

池波正太郎
鬼平犯科帳　決定版（二）
長谷川平蔵の魅力あふれるロングセラーシリーズがより大きな文字の決定版で登場。「蛇の眼」「谷中・いろは茶屋」「女掏摸お富」「妖盗葵小僧」「密偵」「お雪の乳房」「埋蔵金千両」を収録。
い-4-102

池波正太郎
鬼平犯科帳　決定版（三）
大人気シリーズの決定版。「麻布ねずみ坂」「盗法秘伝」「艶婦の毒」「兇剣」「駿州・宇津谷峠」「むかしの男」を収録。巻末の著者による解説・長谷川平蔵（「あとがきに代えて」）は必読。
い-4-103

池波正太郎
鬼平犯科帳　決定版（四）
色褪せぬ魅力「鬼平」が、より読みやすい決定版で登場。「霧の七郎」「五年目の客」「密通」「血闘」「あばたの新助」「おみね徳次郎」「敵」「夜鷹殺し」の八篇を収録。（佐藤隆介）
い-4-104

池波正太郎
鬼平犯科帳　決定版（五）
繰り返し読みたい、と人気絶大の「鬼平シリーズ」をより読みやすくした決定版。「深川・千鳥橋」「乞食坊主」「女賊」「おしゃべり源八」「兇賊」「山吹屋お勝」「鈍牛」の七篇を収録。
い-4-105

池波正太郎
鬼平犯科帳　決定版（六）
ますます快調、シリーズ屈指の名作揃いの第六巻。「礼金二百両」「猫じゃらしの女」「剣客」「狐火」「大川の隠居」「盗賊人相書」「のっそり医者」の全七篇を収録。
い-4-106

池波正太郎
鬼平犯科帳　決定版（七）
鬼平の魅力から脱け出せなくなる第七巻。「雨乞い庄右衛門」「隠居金七百両」「はさみ撃ち」「掻掘のおけい」「泥鰌の和助始末」「寒月六間堀」「盗賊婚礼」の全七篇。（中島　梓）
い-4-107

（　）内は解説者。品切の節はご容赦下さい。

池波正太郎
鬼平犯科帳　決定版（八）
鬼平の部下を思う心に陶然、のち悪党どもの跳梁に眠れなくなるスリリングな第八巻。「用心棒」「あきれた奴」「明神の次郎吉」「流星」「白と黒」「あきらめきれずに」の全六篇。
い-4-108

池波正太郎
鬼平犯科帳　決定版（九）
密偵たちの関係が大きく動くシリーズ第九巻。名作「本門寺暮雪」ほか、「雨引の文五郎」「鯉肝のお里」「泥亀」「浅草・鳥越橋」「白い粉」「狐雨」の全七篇に、エッセイ「私の病歴」を特別収録。
い-4-109

池波正太郎
鬼平犯科帳　決定版（十）
密偵に盗賊、同心たちの過去と現在を描き、心揺さぶるシリーズ第十巻。「犬神の権三」「蛙の長助」「追跡」「五月雨坊主」「むかしなじみ」「消えた男」「お熊と茂平」の全七篇。
い-4-110

池波正太郎
鬼平犯科帳　決定版（十一）
色白の同心・木村忠吾の大好物は豊島屋の一本饂飩。シリーズで一二を争う話題作「男色一本饂飩」ほか、「土蜘蛛の金五郎」「穴」「泣き味噌屋」「密告」「毒」「雨隠れの鶴吉」の全七篇。
い-4-111

池波正太郎
鬼平犯科帳　決定版（十二）
密偵六人衆が、盗賊時代の思い出話を肴に痛飲した一夜の後日談「密偵たちの宴」ほか、「高杉道場・三羽烏」「いろおとこ」「見張りの見張り」「二つの顔」「白蝮」「二人女房」の全七篇。
い-4-112

池波正太郎
鬼平犯科帳　決定版（十三）
煮売り酒屋で上機嫌の同心・木村忠吾とさし向いの相手は、眉毛と眉毛がつながっていた（「一本眉」）。ほか、「熱海みやげの宝物」「殺しの波紋」「夜針の音松」「墨つぼの孫八」「春雪」の全六篇。
い-4-113

池波正太郎
鬼平犯科帳　決定版（十四）
ますます兇悪化する盗賊どもの跳梁。密偵・伊三次の無念を描いた「五月闇」ほか、「あごひげ三十両」「尻毛の長右衛門」「殿さま栄五郎」「浮世の顔」「さむらい松五郎」の全六篇。
（常盤新平）
い-4-114

（　）内は解説者。品切の節はご容赦下さい。

池波正太郎
鬼平犯科帳　決定版（十五）
特別長篇　雲竜剣

火付盗賊改方の二同心が、立て続けに殺害される。その太刀筋は、半年前に平蔵を襲った兇刃に似ていた。平蔵の過去の記憶と、現在進行形の恐怖が交錯。迫力の長篇がシリーズ初登場。

い-4-115

池波正太郎
鬼平犯科帳　決定版（十六）

新婚の木村忠吾への平蔵の可愛がりが舌好調。同心たちの迷いに平蔵が下す決断は――。「影法師」「網虫のお吉」「白根の万左衛門」「火つけ船頭」「見張りの糸」「霜夜」の全六篇を収録。

い-4-116

池波正太郎
鬼平犯科帳　決定版（十七）
特別長篇　鬼火

うまいと評判の「権兵衛酒屋」に立寄った平蔵は、曲者の気配を感じた。この後、店の女房が斬られ、亭主が姿を消す。この事件が、平蔵暗殺から大身旗本の醜聞へとつながる意欲作。

い-4-117

池波正太郎
鬼平犯科帳　決定版（十八）

平蔵のぶれない指揮下、命を賭して働く与力・同心・密偵のチーム鬼平。このところ切ない事件が続く。「俄か雨」「馴馬の三蔵」「蛇苺」「一寸の虫」「おれの弟」「草雲雀」の全六篇。

い-4-118

池波正太郎
鬼平犯科帳　決定版（十九）

磐石のチーム鬼平。お調子者の同心・忠吾だが、昨今生きていくことの切なさを思う。「霧の朝」「妙義の團右衛門」「おかね新五郎」「逃げた妻」「雪の果て」「引き込み女」の全六篇。

い-4-119

池波正太郎
鬼平犯科帳　決定版（二十）

平蔵の会話に、あの秋山小兵衛が登場。著者の遊び心が覗く円熟の第二十巻。「おしま金三郎」「二度ある事は」「顔」「怨恨」「高萩の捨五郎」「助太刀」「寺尾の治兵衛」の全七篇。

い-4-120

（　）内は解説者。品切の節はご容赦下さい。

池波正太郎
鬼平犯科帳 決定版（二十一）

平蔵が自身のかなしみを吐露する「春の淡雪」、時代を越えた問題作「瓶割り小僧」ほか、心に沁みる作品揃い。「泣き男」「麻布一本松」「討ち入り市兵衛」「男の隠れ家」の全六篇。

い-4-121

池波正太郎
鬼平犯科帳 決定版（二十二）
特別長篇 迷路

平蔵と周囲の者たちが次々と兇刃に。与力、下僕が殺され、息子や娘の嫁ぎ先まで狙われた。生涯一の難事件ともいえる事態に、追い詰められた平蔵は苦悩し、姿を消す。渾身の長篇！

い-4-122

池波正太郎
鬼平犯科帳 決定版（二十三）
特別長篇 炎の色

謹厳実直な亡父に隠し子がいた。衝撃の事実と妹の存在を知った平蔵は、その妹のためにひと肌脱ぐ。一方、おまさは女盗賊に気に入られ、満更でもない。「隠し子」「炎の色」を収録。

い-4-123

池波正太郎
鬼平犯科帳 決定版（二十四）
特別長篇 誘拐

国民的時代小説シリーズ「鬼平犯科帳」最終巻。未完となった表題作ほか「女密偵女賊」「ふたり五郎蔵」の全三篇。秋山忠彌「平蔵の好きな食べもの屋」を特別収録。　（尾崎秀樹）

い-4-124

池波正太郎
その男
（全三冊）

杉虎之助は大川に身投げをしたところを謎の剣士に助けられる。こうして〝その男〟の波瀾の人生が幕を開けた——。幕末から明治へ、維新史の断面を見事に剔る長編。　（奥山景布子）

い-4-131

池波正太郎
旅路
（上下）

新婚の夫を斬殺された三千代は実家に戻れとの藩の沙汰に従わず、下手人を追い彦根から江戸へ向かう。己れの感情に正直に生きる美しい武家の女の波瀾万丈の人生を描く。　（山口恵以子）

い-4-134

（　）内は解説者。品切の節はご容赦下さい。

安部龍太郎
等伯（上下）
武士に生まれながら、天下一の絵師をめざして京に上り、戦国の世でたび重なる悲劇に見舞われつつも、己の道を信じた長谷川等伯の一代記を描く傑作長編。直木賞受賞。（島内景二）
あ-32-4

安部龍太郎
姫神
争いが続く朝鮮半島と倭国の平和を願う聖徳太子の遣隋使計画。海の民・宗像の一族に密命が下る。国内外の妨害工作に悩まされながら、若き巫女が起こした奇跡とは——。（島内景二）
あ-32-6

安部龍太郎
おんなの城
結婚が政略であり、嫁入りが高度な外交だった戦国時代。各々の方法で城を守ろうと闘った女たちがいた——井伊直虎、立花誾千代など四人の過酷な運命を描く中編集。（島内景二）
あ-32-7

安部龍太郎
宗麟の海
信長より早く海外貿易を行い、硝石、鉛を輸入、鉄砲をいち早く整備。宣教師たちの助力で知力と軍事力を駆使して瞬く間に九州を制覇した大友宗麟の姿を描く歴史叙事詩。（鹿毛敏夫）
あ-32-8

安能　務
始皇帝　中華帝国の開祖
始皇帝は〝暴君〟ではなく〝名君〟だった!?　世界で初めて政治力学を意識し中華帝国を創り上げた男。その人物像に迫りつつ、現代にも通じる政治学を解きあかす一冊。（冨谷　至）
あ-33-4

浅田次郎
壬生義士伝（みぶぎしでん）（上下）
「死にたぐねえから、人を斬るのす」——生活苦から南部藩を脱藩し、壬生浪（みぶろ）と呼ばれた新選組で人の道を見失わず生きた吉村貫一郎の運命。第十三回柴田錬三郎賞受賞。（久世光彦）
あ-39-2

浅田次郎
輪違屋糸里（わちがいやいとさと）（上下）
土方歳三を慕う京都・島原の芸妓・糸里は、芹沢鴨暗殺という、新選組の内部抗争に巻き込まれていく。大ベストセラー『壬生義士伝』に続き、女の〝義〟を描いた傑作長篇。（末國善己）
あ-39-6

（　）内は解説者。品切の節はご容赦下さい。

植松三十里
繭と絆
富岡製糸場ものがたり

日本で最初の近代工場の誕生には、幕軍・彰義隊の上野での負け戦が関わっていた。日本を支えた富岡には隠された幕軍側の哀しい事情があった。世界遺産・富岡製糸場の誕生秘話。（田牧大和）

う-26-2

上田秀人
奏者番陰記録
遠謀

奏者番に取り立てられた水野備後守はさらなる出世を目指し、松平伊豆守に服従する。そんな折、由井正雪の乱が起こり、備後守はその裏にある驚くべき陰謀に巻き込まれていく。

う-34-1

海老沢泰久
無用庵隠居修行

出世に汲々とする武士たちに嫌気が差した直参旗本・日向半兵衛は「無用庵」で隠居暮らしを始めるが、彼の腕を見込んで、難事件が次々と持ち込まれる。涙と笑いありの痛快時代小説。

え-4-15

逢坂　剛・中　一弥　画
平蔵の首

深編笠を深くかぶり決して正体を見せぬ平蔵。その豪腕におののきながらも不逞に暗躍する盗賊たち。まったく新しくハードボイルドに蘇った長谷川平蔵もの六編。（対談・佐々木　譲）

お-13-16

逢坂　剛・中　一弥　画
平蔵狩り

父だという「本所のへいぞう」を探すために、京から下ってきた女絵師。この女は平蔵の娘なのか。ハードボイルドの調べで描く、新たなる鬼平の貌。吉川英治文学賞受賞。（対談・諸田玲子）

お-13-17

逢坂　剛・中　一弥　画
闇の平蔵

ひどい嵐の夜、酒問屋に押し込み強盗が入った。そんな折、「闇の平蔵」と名乗り役人を成敗処罰すると言う輩が現れた。逢坂剛が描く〈火付盗賊改・長谷川平蔵〉シリーズ第三弾。（対談・近藤文夫）

お-13-18

乙川優三郎
生きる

亡き藩主への忠誠を示す「追腹」を禁じられ、白眼視されながら生き続ける初老の武士。懊悩の果てに得る人間の強さを格調高く描いた感動の直木賞受賞作など、全三篇を収録。（縄田一男）

お-27-2